クリストファー・パオリーニ
大蔦双恵＝訳
ドラゴンライダー8
Dragon Rider Series
Brisingr
ブリジンガー
炎に誓う絆

静山社

Brisingr : Inheritance Book 3
by
Christopher Paolini

Text copyright ©2008 by Christopher Paolini
Map on P.8 & 9 copyright ©2002 by Christopher Paolini
Japanese translation rights arranged with Random House Children's Books,
a division of Random House, Inc.
through Japan UNI Agency, Inc., Tokyo

編集協力
リテラルリンク

ブックデザイン
鈴木成一デザイン室

ドラゴンライダー8 ブリジンガー／目次

ドラゴンライダー8 目次

ドラゴンライダー9 目次

ドラゴンライダー10 目次

ドラゴンライダー11 目次

＊地図上の数字は、物語の「章番号」を示しています。

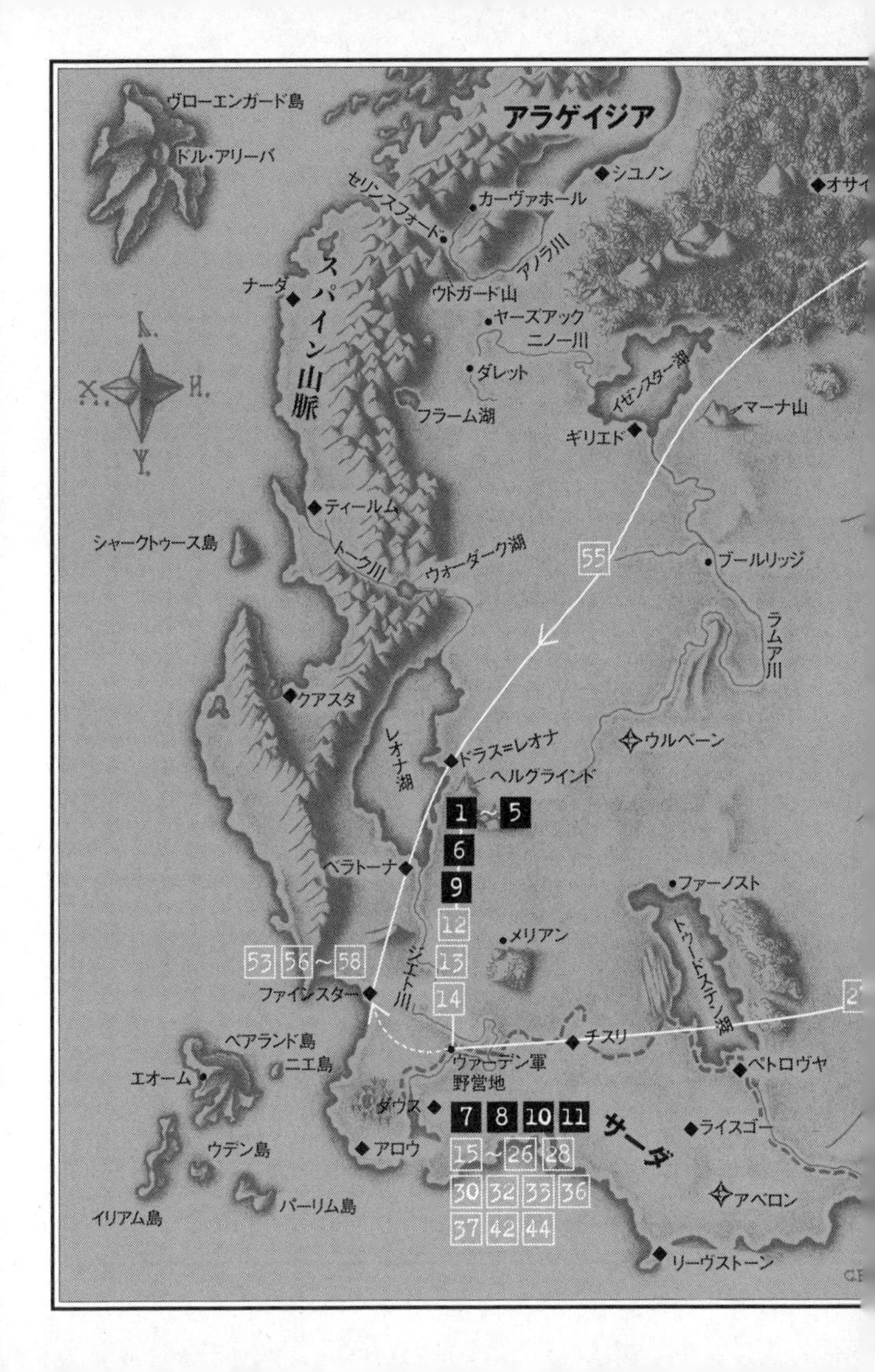

ヴローエンガード島
ドル・アリーバ
アラゲイシア
シユノン
オサイ
セリンスフォード
カーヴァホール
アノラ川
スパイン山脈
ナーダ
ウトガード山
ヤーズアック
ニノー川
ダレット
フラーム湖
イゼンスター湖
マーナ山
ギリエド
ティールム
シャークトゥース島
トーク川
ウォーダーク湖
55
ブールリッジ
ラムア川
クアスタ
レオナ湖
ドラス=レオナ
ウルベーン
ヘルグラインド
1
5
6
9
ベラトーナ
12
ファーノスト
メリアン
53
56
58
13
ジエト川
トゥードステン湖
ファインスター
14
チスリ
ベアランド島
ニエ島
ヴァーデン軍
野営地
ペトロヴヤ
エオーム
ダウス
7
8
10
11
サーダ
ライスゴー
アロウ
15
26
28
ウデン島
30
32
33
36
アベロン
パーリム島
イリアム島
37
42
44
リーヴストーン

おもな登場人物

エラゴン……物語の主人公で、青き竜サフィラのライダー。父を知らず、母セリーナも行方知れず。ライダーだった最初の師ブロムの遺志を継いで、帝国に反旗をひるがえしたヴァーデン軍とともに戦っている。“銀の手（アージェトラム）”あるいは“悪魔シェイドをたおした者（シェイドスレイヤー）”とも呼ばれる

カーヴァホール村から来た人々

ローラン……エラゴンの従兄。帝国の刺客に父ギャロウを殺された

スローン……肉店を開いていた。村人を裏切りラーザックに協力したが、いまはヘルグラインドに捕らえられている

カトリーナ……スローンのひとり娘。ローランの恋人。父とともにヘルグラインドに捕らえられている

帝国アラゲイジア首都ウルベーン

ガルバトリックス……帝国の支配者。優秀なライダーだったが、ドラゴンを殺され、代わりをあたえられなかったことで仲間をうらみ、黒竜シュルーカンをぬすんだ。ライダーを次々と殺して力をつけた

マータグ……エラゴンの旅の友だったが、〈十三人の裏切り者〉のひとりモーザンの息子とわかった。行方不明ののち、ガルバトリックスにとりこまれ、赤き竜ソーンのライダーとしてあらわれた。「ぼくの母はセリーナ、つまりきみはぼくの弟だ。父の剣は長男がいただく」と言って、モーザンの赤い剣ザーロックをエラゴンからうばった

ラーザック……帝国の手先。黒マントに嘴（くちばし）のある怪物。親である空飛ぶ動物レザルブラカで移動

ヴァーデン陣営（じんえい）
（ジエト川ぞいに
進軍し野営中）

ナスアダ……父アジハド亡きあとヴァーデン軍を率いる若き女性指揮官。
黒い肌と黒髪のせいか、アーガルたちは〝夜しのびよる者〟とよぶ
ジョーマンダー……ヴァーデンの司令官
ガーヴェン……ナスアダの身辺警護をする〈ナイトホークス〉の隊長
オーリン……ヴァーデンを支援してきた南の小国サーダの王
ナー・ガルジヴォグ……灰色のアーガル部隊の指揮官。帝国側から寝がえった
ナールヒム……ファーザン・ドゥアーに帰ったオリクのかわりをつとめるドワーフの大使
ブロードガルム……全身毛皮におおわれたエルフ。
エラゴンを守る十二人のエルフの魔術師の長
エルヴァ……赤んぼうのときエラゴンとサフィラに〝祝福〟を受けた少女。
予知能力でナスアダを守っている
アンジェラ……魔法ネコのソレムバンと暮らす薬草師。エルヴァの世話役でもある
アーリア……ドラゴンの卵を運ぶ密使だった。帝国側に囚われていたのをエラゴンが救出した。エメラルドの瞳が美しいエルフ。イズランザディの娘

エルフ王国
首都エレズメーラ
（ドゥ・ウェルデン
ヴァーデンの森）

イズランザディ……エルフの女王。肩に白いワタリガラスのブラグデンをとまらせている
オロミス……銀髪のエルフで、黄金の竜グレイダーのライダー。
善きライダーのただひとりの生き残り。
師匠としてエラゴンにきびしい修行をさせた。別名〈嘆きの賢者〉

00 これまでのあらすじ

森と山脈の国アラゲイジア。スパイン山脈の寒村カーヴァホールのはずれで、ひとりの少年が青く光る不思議な石をひろう――これがアラゲイジアの運命を左右するドラゴンライダー復活の物語の始まりだった。

少年の名はエラゴン。父を知らず、母は、エラゴンを産んだ直後に赤子を兄にあずけて家を出たため、エラゴンは伯父ギャロウの家で従兄ローランと兄弟のように育った。

かつてアラゲイジアは、ドラゴンライダー族に守られ、エルフとドワーフと人間が共存する平和な世界だった。いまは邪悪な帝王ガルバトリックスの支配下にある。王自身もライダーだったが、自分のドラゴンを殺されて狂気におちいり、〈十三人の裏切り者〉を率いて帝国を樹立した。ほかのライダーとドラゴンは滅ぼされ、ドラゴンはいまや伝説の動物。どこかに三つ、卵が残ると伝えられるのみだ。

　エラゴンがひろった青い石は、その卵のひとつだった。なにも知らないエラゴンは石をかくしもっていたが、あるとき石が割れ、ドラゴンが生まれる。青く輝く小さな体は強さを秘めていた。エラゴンはひそかにドラゴンを育て、サフィラと名づけ、心を通わすようになる。やがてドラゴン誕生をかぎつけたガルバトリックスが村に怪物ラーザックをさしむけた。エラゴンの家は燃え、伯父のギャロウは無惨に殺された。エラゴンとサフィラは、村の語り部ブロムにみちびかれて復讐と逃亡の旅に出る。

　ブロムはじつは帝国に反旗をひるがえすヴァーデン軍の密偵として新たなライダーの出現を待ちわびていた。ドラゴンの卵はだれのもとでも孵るものではない。エラゴンはドラゴンに選ばれたのだ。ブロムは道すがら、エラゴンに剣術、魔法、ドラゴンとの飛行などを教えてくれたが、ラーザックにおそわれ、自分もかつてライダーだったといいのこして死んでしまう。

　悲しみにくれるエラゴンをささえたのは、旅の若者マータグだった。ふたりは友として旅し、帝王の手下〈シェイド〉に捕らえられた女のエルフ、アーリアを助ける。アーリアはもとはドラゴンの卵を運ぶ密使で、帝国側につかまった瞬間、魔法で卵を安全なところに飛ばし、それをエラゴンがひろったのだ。アーリアの体には毒がまわっている。一行は治療が可能なヴァーデン軍の本拠地をめざすが、とちゅうでマータグが、自分は〈十三人の裏切り者〉のひとりモーザンの息子だと告白する。

ヴァーデン軍の洞窟都市ファーザン・ドゥアーへたどりついたエラゴンは、軍を率いるアジハド、その娘ナスアダ、ドワーフ族の長フロスガーらにむかえられる。アーリアは治療を受けて助かるが、マータグは、エラゴンのうったえもむなしく投獄された。

しばらくして、ガルバトリックスと同盟した怪物アーガルの軍がファーザン・ドゥアーを攻撃。エラゴンとサフィラに初陣のときが来た。エラゴンは魔術をあやつる最強の戦士〈シェイド〉と一騎討ちになり、背中に深手を負いながらも勝利した。もはや心にあるのは、伯父を殺された復讐だけではない。エラゴンは〈ドラゴンライダー〉としての使命を強く感じていた。

〈ファーザン・ドゥアーの戦い〉のあと、エラゴンの頭には「エルフの国で待つ」という謎めいたメッセージがひびいていた。その声にみちびかれて、エルフの国へたどりついたエラゴンとサフィラを待っていたのは、オロミスという年老いたライダーだった。数百年のあいだオロミスと金色のドラゴン、グレイダーはエルフの森に身をかくし、ガルバトリックスをたおそうと知恵をしぼっていた。オロミスもグレイダーも古傷があり、みずから戦うことはできない。オロミスを師として、エラゴンとサフィラの修行がはじまった。古代語、肉体の鍛錬、魔術……そしてドラゴンとライダーの絆がどれほど大切かを学ぶ。エルフの〈血の誓いの祝賀〉の儀式をへたエラゴンは、人間でもエルフでもない、その中間の存在に生まれかわった。

〈ファーザン・ドゥアーの戦い〉でアジハドを失ったヴァーデン軍は、若きナスアダに引きつがれ、情け深いドワーフの長フロスガーと連合して、次なる戦の準備を進めていた。連合軍は、ひとまわり大きくなったエラゴンとサフィラの参戦を熱望する。

そのころ、エラゴンの従兄ローランは苦難の旅を続けていた。帝国にねらわれた故郷カーヴァホールをはなれ、村人とともにヴァーデン軍に合流しようというのだ。父を殺され、婚約者カトリーナをラーザックに連れさられたローランは、悲しみから立ちあがり、いつしか強いリーダーに成長していた。

次なる戦いの火ぶたは、ジエト川のほとりに広がる草原バーニングプレーンズで切られた。帝国軍の巨大な陣営に対するヴァーデンには、フロスガー率いるドワーフ軍、サーダ国軍、さらにアーガル軍が帝国から寝がえって味方についた。剣や槍や矢だけでなく魔法も飛びかう戦いは熾烈をきわめた。

その戦場に赤いドラゴンにまたがって謎のライダーがあらわれる。残るふたつの卵のうち、ひとつが孵ったのだ。赤き竜とライダーは恐ろしいまでに強かった。フロスガーがたおれ、エラゴンとサフィラは謎のライダーと対峙する。なんと赤い竜のライダーは、投獄を解かれた後、行方不明だったマータグだ。友情を誓いあったマータグが、いまやガルバトリックスにあやつられている……。

マータグと赤き竜ソーンは、エラゴンとサフィラを圧倒した。しかしマータグは、かつての友情からエラゴンとサフィラに情けをかける。そして去りぎわ、エラゴンに「きみはぼくの弟だ」と告げる。「ふたりともモーザンとその妻セリーナの息子だ」と。

ヴァーデン軍は〈バーニングブレーンズの戦い〉に辛くも勝った。

フロスガーを失ったエラゴンは出生の秘密に心ゆさぶられながら、ラーザックの根城へカトリーナ救出にむかう従兄ローランとともに出発の決意をする——。

01
死の門

エラゴンは、伯父のギャロウを殺した怪物がひそむ、黒い石の塔に目をこらした。か細い草やイバラや、バラのつぼみほどの小さなサボテンがまばらに生えた砂丘に、エラゴンは腹ばいになってかくれている。かたい枯れ枝が掌(てのひら)にささるのを感じながら、じわじわと這(は)いすすむと、ヘルグラインドの塔が、大地の内奥からつきだす黒い短剣のように不気味にせまってきた。

夕日が丘陵の影を細長くのばし、西の彼方のレオナ湖の水面をきらめかせている。さざ波を立てる水平線は、さながら金の延べ棒のようだ。

左からは、同じように腹這いになった従兄のローランの、規則正しい息づかいが聞こえていた。エラゴンのとぎすまされた聴覚には、ふつうなら音のない空気の流れさえ、異常に大きく聞こえる。これもまた、エルフの〈アゲイティ・ブロドレン〈血の誓いの祝賀》によって生じた変貌のひとつだ。

　エラゴンはヘルグラインドのふもとにむかってゆっくり進んでくる人々の長い列を観察していた。数キロ先のドラス＝レオナから歩いてきた行列だ。列の前方には、分厚い革のローブに身を包んだ二十四人の男女の一団がいる。だれもがみな姿勢や歩き方が不自然だ――足を引きずる者、すり足でちょこまかと歩く者、のたくるように進む者。杖を使ったり、腕をぎくしゃくとふったりして、異様に短い足で歩く者。エラゴンはその奇妙な歩き方の理由に気づいた。二十四人すべてが腕一本、足一本、あるいはその両方がないのだ。

　先頭の者は、油をぬられた六人の奴隷がかつぐ駕籠の上にまっすぐすわっている。エラゴンは駕籠の上に乗る者の姿を驚嘆の目で見た――男か女かもわからないその者は、頭と胴体しかないのだ。なのにその頭の上には、一メートルもの高さの革の頭かざりがバランスよくのっている。

「ヘルグラインドの司祭たちだ」エラゴンは小声でローランに話した。

「魔術を使えるのか？」

「たぶんな。あいつらがいるうちは、意識を飛ばしてヘルグラインドをさぐれない。

あのなかに魔術師がいたら、どんなに軽い接触でも、ぼくの意識を感じるはずだから な。ぼくらがここにいることが、感づかれてしまう」

司祭たちのうしろには、金糸織りの布をまとった若い男の侍者たちが二列になって続いていた。それぞれが、十二本の横木がわたされた金属の四角い枠を持っている。横木から大きなカブのような鉄の鐘がぶらさがっている。

一列目は右足を進めるごとに、金属の枠を激しくふって、悲しげな不協和音をかきならし、もう一列は左足をふみだすときに金属の枠をふる。陰鬱な鐘の音が、丘陵一帯にひびきわたっていた。鐘の音にあわせ、侍者たちが恍惚（こうこつ）のうめきやさけびをあげている。

奇怪な行列の後尾に、ほうき星のようにつながっているのは、ドラス＝レオナの住民だ——貴族、商人、職人、軍の高官。そしてそのうしろに、労働者や物乞いや歩兵など、あまり地位の高くない人々が続く。

あのなかにドラス＝レオナの統治者、マーカス・タボアもいるんだろうか？　エラゴンは思った。

行列は、ヘルグラインドをとりまく、切りたった小石の堤の前でとまった。司祭たちはみがきあげられた赤さび色の巨石の両わきに立った。天然の祭壇の前で行列全体がぴたりと動きをとめると、駕籠の上の司祭長とおぼしき姿がかすかに動き、陰鬱な鐘の音に負けない耳ざわりな声で、なにかをとなえはじめた。

ふきつける風の音にたびたびかきけされながらも、エラゴンの耳には古代語の言葉が聞こえてきた――ドワーフ語やアーガル語がまじり、発音もおかしく、変形されているが、すべて古代語にむすびつく言葉だ。その意味を聞きとって、エラゴンは戦慄した。司祭長がとなえているのは、口にしてはいけない言葉だ――人々の心の暗い闇のなか、何世紀も膿んできた邪悪な憎しみ。ライダー族があらわれる前に栄えた血と狂気、黒い月の下でおこなわれた恥ずべき儀式。

おぞましい演説のしめくくりに、格下の司祭がさっと進み出て、この男か女かわからない司祭長を駕籠からおろし、祭壇の上にかつぎあげた。司祭長は短い命令の言葉を吐いた。と、鋼の刃が一対、星のようにまたたきながらふりあげられ、ふりおろされた。司祭長の両肩から血がほとばしりでた。血は革に包まれた胴体を伝って、巨石の上にたまり、砂利の地面に落ちていく。

別の司祭がふたり飛びだし、深紅の血を杯で受けとめた。血がたまると、信徒たちはわれ先にとそれを回し飲みしはじめた。

「オエッ!」ローランが小声でうめいた。「気色悪い。反吐が出るぜ。あの狂信者どもめ、人食い人種だったのか」

「そいつはちょっとちがうな。肉は食べてないんだから」

参列者がみなのどをうるおすと、従順な見習い僧が司祭長を駕籠にもどし、肩を白い亜麻布でくるんだ。真っ白な包帯に、みるみる血のシミが広がっていく。

司祭長はなんの痛みも感じていないように、手足のない胴体をくるりとふりむかせ、くちびるをコケモモのように赤くした信者たちにこう宣言した。「全能なるこのヘルグラインドの前でわれの血を口にしたことで、いまや諸君は真の兄弟姉妹となった。血は血をよぶ。ゆえに教会のため、わが暗黒の神の力を知る同胞のため、家族に助けが必要なときは力をつくすがいい……三人組への忠誠をあらためて確認するため、われとともに九つの誓いを暗誦しよう……ゴーム、イルダ、フェル・アングヴァラにかけて、われわれは月に三度、日暮れ前に忠誠の儀式をとりおこなう。偉大なる神のとこしえの空腹を満たすべく、わが身をささげることを誓おう……トスクの書にしめされた制限にしたがうことを誓おう……ブレグナルをつねに身につけ、十二のうちの十二番目には近よらず、結び目のある縄にはふれぬことを誓い……」

司祭長のとなえる教えは突風にさえぎられた。そのとき、話を聞いている者たちが、刃の曲がったナイフをとりだすのが見えた。ひとり、またひとりと、自分のひじの内側を切り、流れおちる血を祭壇にぬりつけている。

激しい風はほどなくおさまり、司祭長の声がまたエラゴンに聞こえてきた。

「……しからば、諸君のこいねがうものは、忠誠の褒美としてあたえられるであろう……これで祈りの儀式は完了した。しかしこのなかに、真に深い忠誠をしめす勇気ある者があれば、進みでるがよい！」

聴衆が体をこわばらせ、前に身を乗りだした。どの顔も恍惚としている。あきらかに、彼らはこの瞬間を待っていたようだ。

長い静寂が続き、だれもが失望しかけたそのとき、ひとりの侍者が列をはなれてさけんだ。「わたしがしめします！」歓喜のどよめきがあがり、同志たちは鐘をふりまわして激しいリズムを打ちならした。

会衆は気がふれたように声をあげ、飛びあがり、熱狂している。その荒れくるう音楽は――嫌悪感を感じているにもかかわらず――エラゴンの心に興奮の火をつけ、体の奥深くに巣くう野性の本能を刺激した。

手をあげた黒髪の若者は、金のローブをぬぎすて、革の腰布一枚になると、足のまわりに血しぶきをはねあげ、巨石の祭壇に飛びのった。若者はヘルグラインドにむかい、冷たい鉄の鐘の音にあわせるように、身をふるわせはじめた。まるで痙攣(けいれん)だ。頭はがくりとたれ、口のはしに泡がうかび、腕はヘビのようにのたくっている。筋肉をあぶら汗がおおい、暮れゆく光のなかで、その体はブロンズ像のごとく輝いている。

鐘の音がくるったように速まると、若者は片手を背後につきだした。ひとりの司祭が、その手に奇妙な武器をにぎらせた——がんじょうそうな柄(え)、鱗(うろこ)状の握り、十字形のつば。切っ先にむかって扇形に広がった長さ七、八十センチの幅広の片刃は、ドラゴンの翼を思わせた。その武器がつくられた目的はただひとつ、水でいっぱいにふくれあがった革袋を裂くようにたやすく、鎧(よろい)や骨や腱(けん)をたたき切ることだ。

若者はヘルグラインドの頂上にむかって、剣をかかげた。そして片ひざをつき、なにかをさけびながら、自身の右手首に刃をふりおろした。

祭壇のうしろの岩に血が飛びちった。

エラゴンは顔をしかめて目をそむけたが、若者のかん高い悲鳴からのがれることはできなかった。これまでの戦闘でも血なまぐさい光景は見たが、いつなんどき体の障害を負ってもおかしくない世の中で、みずからを故意に切断するなど、異常としか思えない。

ローランがもぞもぞやって、草の葉がこすれあった。口のなかでなにか悪態をつき、また静かになる。

ひとりの司祭が若者の傷の手あて――魔法による止血――をするあいだ、侍者は駕籠もちの奴隷ふたりの足かせを、祭壇にうめこまれた鉄輪につないだ。そして、ローブの下から次々と包みをとりだし、奴隷の手のとどかないところに積みあげた。

儀式が終わると、司祭や侍者たちはヘルグラインドをはなれ、鐘の音となげきさけぶ声をひびかせながら、ドラス＝レオナにもどっていった。片手を失った狂信的な若者は、司祭長のすぐうしろをふらふらとついていく。

その顔には至福の笑みがうかんでいた。

「やれやれ」行列が遠い丘のむこうに消えると、エラゴンはふうっと息を吐きだした。

「やれやれって？」

「いままでドワーフやエルフと旅をしてきたけど、どっちの種族も、あの人間どもほど異様なことはしなかった」

「あいつらはラーザックと同じ怪物なのさ」ローランはヘルグラインドをあごでさした。「カトリーナがあのなかにいるか、もう調べられるか？」

「やってみる。でも、いつでも逃げられるようにしておけよ」

エラゴンは目をとじて、意識をじわじわと外へのばし、水の巻きひげを砂にしみわたらせるように、生き物たちの意識をさぐっていった。いそがしく動きまわるさまざまな昆虫や、あたたかい岩かげに身をひそめるヘビやトカゲ、ありとあらゆる鳥、たくさんの小さな哺乳動物。虫も動物も夜にそなえて活発に動きまわり、それぞれのねぐらにもどっていく。夜行性動物はあくびやのびをして、狩りやエサあさりの準備をはじめている。

他者の意識にふれるエラゴンの力は、五感と同じで、距離が遠くなるほど弱くなる。ヘルグラインドのふもとまで意識をのばすころには、大きな動物の意識さえ、かすかにしか感じとれなくなった。

エラゴンは警戒しながらさぐりつづけた。ラーザックとその親——ラーザックを乗せて飛ぶ巨大な鳥獣——レザルブラカの意識にふれたら、すぐに退却すればいい。ラーザックもレザルブラカも魔術を使えない。おそらく魔術をかわす訓練も受けていないはずだ。吐く息だけで、体格のいい男もかんたんに失神させられるから、必要ないのだ。

意識をのばしてこちらの存在を知られる危険をおかしてでも、ラーザックがカトリーナをここに監禁しているかどうか知る必要があった。その答えによって、この任務の目的が、救出なのか、あるいは敵をつかまえて取り調べることなのか、決まってくる。

エラゴンは慎重にさぐりつづけた。ふとわれに返ると、ローランが飢えたオオカミのような顔でこっちを見ている。ローランの灰色の瞳は、激しい怒りと、希望と絶望が入りまじっている。まるでその目から感情がほとばしり、岩をもとかすような激しい炎で、視界に入るものすべてを焼きつくしてしまいそうだ。

エラゴンにはローランの気持ちがわかった。

カトリーナの父親である肉店のスローンは、ローランをラーザックに売りわたした。ラーザックはローランを捕らえるのに失敗すると、かわりにローランの寝室でカトリーナを捕らえ、パランカー谷から連れさり、帝国兵を先導してカーヴァホールの村人を惨殺し、捕虜にしようとした。カトリーナをうばわれたローランは、なんとか村人たちを説得し、故郷をすててスパイン山脈をこえ、アラゲイジア沿岸を南下して、反乱軍であるヴァーデンと合流した。村人たちが乗りこえてきた苦難は、並大抵のものではなかった。だが、遠まわりしながらも、ローランはエラゴンと再会できた。そして、ラーザックの棲みかを知るエラゴンは、カトリーナを救出することを約束したのだ。

自分がここまで来られたのは、強い情熱につきうごかされたからだと、ローランはいう。その情熱のせいで、だれもがしりごみするような行動に走り、結果的に敵の裏をかくことができたのだと。

いま、エラゴンもまた同じ情熱につきうごかされていた。

大切な人が危険な目にあえば、エラゴンも命をかえりみず飛びこんでいく。ローランは兄同然で、カトリーナはその結婚相手だ。家族の一員といえる。ローランが自分の最後の血族と考えれば、その意味はもっと重要になる。エラゴンは、血のつながった兄であるというマータグを完全に拒絶している。自分とローランに残された家族はおたがいと、新たに加わるカトリーナだけだ。

　ふたりを動かしている力は高潔な家族愛だけではなかった。もうひとつのねらいは復讐(ふくしゅう)だ！　カトリーナを救いだすという計画のほかに、人間とドラゴンライダー、ふたりの戦士が心に誓っているのは復讐だ……。ローランの父親であり、エラゴンの父親がわりでもあるギャロウを惨殺したガルバトリックス王の僕(しもべ)、ラーザックの息の根をとめることなのだ。

「カトリーナを見つけたような気がする」エラゴンはいった。「距離があるし、彼女の意識にふれたことがないから確信はもてないけど、カトリーナはヘルグラインドの頂上付近のどこかに監禁されてると思う」

「体はだいじょうぶなのか？　ケガは？　エラゴン、かくさないでくれ――あいつら、カトリーナになにかしてないか？」

「いまのところ痛みは感じない。それ以上はわからないよ。カトリーナの意識の光を見わけるだけで、いまは精いっぱいなんだ」エラゴンはもうひとりの人間の存在を感じたことはいわずにおいた。その正体はなんとなく予想がつくが、当たっていればかなりめんどうなことになる。「それより、ラーザックとレザルブラカが見つからないんだ。たとえラーザックの意識は見のがしても、やつらの親はあの大きさだ、命の光が千のランタングらいに燃えあがって見えなきゃおかしい。ちょうどサフィラみたいに。なのに、カトリーナのほかに二、三のぼんやりとした光が見えるだけで、あとはヘルグラインドじゅう真っ暗闇だ」

ローランは顔をしかめ、こぶしをにぎりしめて、紫の夕闇におおわれていく岩山をにらみつけた。「それが正しくてもまちがっていても、あまり関係ないな」と、ひとりごとのようにつぶやく。

「関係ない？」

「今夜は攻撃しない。夜はラーザックの力がいちばん強まるときだ。もしやつらが近くにひそんでいるなら、こっちが不利なときに戦うのはバカげてる。だろ？」

「ああ」

「だから、夜明けを待つことにしよう」ローランは血だらけの祭壇につながれた奴隷たちを指さした。「それまでにあの気の毒な奴隷たちが消えれば、ラーザックがあらわれたということ。計画どおり決行する。あらわれなければ、やつらをたおせない不運を呪い、奴隷たちを解放し、カトリーナを救いだして、ヴァーデン軍のもとへ飛んで帰る。マータグに見つからないうちにな。どっちにしろ、ガルバトリックスがおれをおびきだす道具としてカトリーナを利用する気なら、ラーザックはあまり長くは彼女から目をはなさないはずだ」

エラゴンはうなずいた。いますぐ奴隷を自由にしてやりたいが、敵にあやしまれるおそれがある。ラーザックがあらわれたとしても、やつらが夕食をとる——奴隷を回収する前に、エラゴンとサフィラが飛びだすわけにはいかない。ドラゴンとレザルブラカが空で戦えば、周囲数十キロの注目を集めてしまう。それにもし、三人だけで帝国にしのびこんだことがガルバトリックスに知れたら、エラゴンたちは生きて帰ることはできないだろう。

エラゴンは鎖でつながれた人々から目をそむけた。奴隷たちのためには、ラーザックがアラゲイジアの反対側にいるか、せめて今夜は腹をすかせていないことを願うばかりだ。

エラゴンとローランは目配せして丘からうしろむきに這(は)いおりた。ふもとにおりると、反対側をむいて、中腰のままふたつの丘の谷間を走りぬけた。浅い谷は雨水でけずられてしだいに深くなり、くずれかけた泥板岩(でいばんがん)にはさまれた小峡谷となっていく。点在するネズの木伝いに進み、エラゴンは針のような葉をすかして空を見た。ビロードのような空に、最初に見える星々がまたたいている。星は光る氷の破片のように、冷たくとがって見えた。

ふたたび足もとに注意をむけ、ふたりは南の野営地へと小走りに駆けていった。

02

焚(た)き火をかこんで

こんもりと積まれた焚き火が巨大な獣のように息づいている。ときおり、金色の火の粉が走り、白く光る薪の割れ目へ消えていく。

エラゴンとローランがおこした火は、岩の大地や、灰色の低木、遠くに立つネズの木を、赤い最後の光でぼんやりと照らして、消えた。

エラゴンはサフィラの鱗(うろこ)におおわれた太い前足にもたれ、ルビー色の燃えさしに裸足の足をつきだしてぬくもりを楽しんでいた。むかいでローランは老木の切り株にすわっている。風と日にさらされて鉄のようにかたくなった切り株は、ローランが体を動かすたびに苦しげにきしむ。

すこしのあいだ、くぼ地は静寂に包まれた。焚き火さえ音を立てずにくすぶっている。よけいな煙を立てて敵の目を引かぬよう、ローランは、よくかわいた枝だけを集めていた。

エラゴンはその日にあったことをサフィラに語りおえたところだった。ふだんなら、エラゴンの思考も感情も感覚も、湖の水が循環するように自然とサフィラに流れこむから、いちいちサフィラに報告する必要はないのだが、今回の偵察中は、ラーザックの巣窟をさぐるとき以外、わざと意識をとじていたため、サフィラに説明する必要があった。

会話がしばらくとぎれると、サフィラはあくびをして、恐ろしげな牙をむきだした。〔ラーザックのやつら、獲物みずから身をさしだすようにしむけるとは、たいしたものだ。ハンターとしては上出来……わたしもいつかためしてみよう〕

〔だけど、人間はやめろよ。かわりにヒツジにしておけ〕エラゴンはいわずにいられなかった。

〔人間とヒツジ、ドラゴンにとってどんなちがいがある?〕サフィラは長いのどから低い笑いを発した。ゴロゴロというとどろきは、雷鳴を思わせる。

エラゴンはサフィラの鱗から背中をはなし、かたわらのサンザシの木の杖をつかんだ。手のなかで転がしながら、つやつやとした根がからみあう握りの部分や、キズだらけの鉄の石づきのにぶい輝きを、うっとりとながめた。

　それはヴァーデン軍のいるバーニングプレーンズを発つとき、ローランがエラゴンの腕におしつけたものだった。「ほら。おれがラーザックに肩をかまれたあと、フィスクがつくってくれたんだ。おまえは剣を失ったから、これをもっていたほうがいいかと思って……ほかの剣がほしけりゃ、それでもかまわんが、おまえならこういうがんじょうな杖を何度かたたきつけただけで、たいていの戦いには勝てるだろ」ブロムがいつももちあるいていた杖を思い出して、エラゴンは新しい剣を手に入れるのはやめて、節くれだったサンザシの杖の威力を信じることに決めた。ザーロックをなくしてから、あれに匹敵する剣でなければ、もちたいとは思わない。

　その夜、エラゴンはサンザシの木の杖とローランの槌の両方に、よほどの力が加えられないかぎり折れないよう、魔法をかけた。

　ふいに、ひと続きの記憶がエラゴンの脳裏におしよせてきた――重苦しいオレンジ色と深紅の空、ライダーを乗せた赤いドラゴンをサフィラが追跡する。耳もとで風がうなりをあげる……ライダーと地上で対決するとき、剣がぶつかりあう衝撃で指がしびれ……戦いのさなか、敵の兜をはぎとると、そこにはかつての友で旅の仲間、死んだはずのマータグの顔がある……エラゴンからザーロックをうばい、兄である自分には赤い剣を受けつぐ権利があると、マータグは冷たい笑みをうかべていいはなつ……。

まばたきをすると、戦の狂騒は消え、血のにおいが、サンザシのいい香りにかわっている。エラゴンは一瞬、自分がどこにいるのかわからなくなった。口のなかの苦いものをとるため、上の歯を舌でなぞる。

マータグ……。

その名前を思うと、エラゴンの心に複雑な感情がわきおこった。マータグが好きだった。ドラス＝レオナへ行ったあと、マータグはエラゴンとサフィラをラーザックから救ってくれた。命がけでエラゴンをギリエドから救いだしてくれた。ファーザン・ドゥアーでは、ともに誇り高く戦った。〈バーニングプレーンズの戦い〉では、結果もかえりみず、ガルバトリックスの命令を勝手に解釈して、エラゴンとサフィラを捕虜にせず解放してくれた。双子に捕らえられたのは、マータグの罪ではない。赤いドラゴンのソーンがマータグのために孵ったことも、ガルバトリックスがマータグとソーンの真の名を知り、古代語で誓いを立てさせたことも。

どれもこれもマータグのせいではない。彼は生まれたときから運命の被害者なのだ。

だが……たしかに、マータグは意に反してガルバトリックスに仕え、残虐行為を強いられることを恨んでいるかもしれないが、ある部分では、新たに授かった力をふるうことを楽しんでいるようにも見えたのだ。〈バーニングプレーンズの戦い〉で、ガルバトリックスに命じられたわけでもないのに、マータグはみずからの意志でドワーフ王フロスガーを殺した。エラゴンとサフィラを解放してくれたが、それは、ふたりを徹底的にねじふせ、エラゴンに敗北をみとめさせてからのことだ。

それにマータグは、自分たちふたりがモーザンの息子であると明かし、それでエラゴンに苦痛をあたえることを、大いに喜んでいた。

あの戦いから四日がすぎたいま、エラゴンはもうひとつの解釈に思いいたった。マータグは自分が人生で背負ってきた重荷を、もうひとりの人間が背負うのを見ることに、喜びを感じているのかもしれない。

いわれなくムチ打たれてきた犬は、いつの日か主人に牙をむく。マータグもそんなふうに、自分の新たな力を楽しんでいるにちがいない。ずっとムチ打たれつづけてきたマータグが、なんの手もさしのべてくれなかった世の中へ、いま復讐するチャンスを得たのだ。

たとえマータグにわずかな良心が残っていたとしても、彼とエラゴンは不倶戴天の敵として運命づけられている。古代語で誓いを立てたことで、マータグはガルバトリックスによって未来永劫はずせない足かせをかけられたのだから。

〔ファーザン・ドゥアーの地下で、マータグがアジハドといっしょにアーガルを追いかけさえしなければ。いや、ぼくがもっと早く行動していれば、双子は――〕

〔エラゴン〕サフィラがよびかけた。

エラゴンはわれに返ってうなずき、サフィラが思考を中断させてくれたことに感謝した。マータグやふたりの親のことは、くよくよ考えないようつとめているのに、ふと気づくと、その思いにとらわれているのだ。

ゆっくり深呼吸して頭をすっきりさせ、目の前の問題に意識をもどそうとするが、うまくいかない。

バーニングプレーンズでの激しい戦闘の翌朝――ヴァーデン軍があわただしく態勢を立てなおし、帝国軍のあとを追ってジエト川上流へ進む準備をしているとき――エラゴンはナスアダとアーリアのもとへ行き、ローランの苦境を説明した。従兄を助ける許可を求めたが、うまくはいかなかった。ふたりの女性は猛反対した。

「失敗すれば、アラゲイジアすべての人々に悲劇をもたらす無謀な計画だわ!」ナスアダはいった。

えんえんと激しい議論が続いたが、最後にサフィラが司令部のテントの壁をゆるがす咆哮をあげて、話を中断させた。〔わたしは疲れきって体がだるいのに、エラゴンは自分の考えをはっきり説明することもできない。ぼけっとつったってコクマルガラスみたいにまくしたてるよりほかに、やるべきことがあるのでは? よろしい、ではわたしの話を聞きなさい〕

ドラゴンと議論しても勝ち目がない、と、エラゴンはそのときのことを思い出した。

サフィラのいわんとすることは単純だった。エラゴンにとって、ローランに協力することがどれだけ重要かわかるから、サフィラはエラゴンを支持する。エラゴンは家族愛からローランに協力する。ローランはひとりでもカトリーナを救いに行くだろうが、ローランひとりでラーザックをたおすのは不可能だ。それに、カトリーナが人質になっているかぎり、ローランは――ひいてはエラゴンも――ガルバトリックスに弱みをにぎられていることになる。カトリーナを殺すとおどされれば、ローランはガルバトリックスの命令にしたがわざるを得なくなる。

だから、敵につけこまれる前に、このほころびをつくろうのがいちばんではないか。

タイミングとしては申し分ない。ヴァーデンがサーダの国境付近で帝国軍と戦う準備をしているときに、よもや帝国の真ん中のヘルグラインドがおそわれるとは、ガルバトリックスもラーザックも思わないだろう。マータグとソーンはウルベーンへ――おそらく王の叱責を受けに――飛んでいくのが目撃されている。エルフが最初の攻撃をしかけ、その存在をあらわにすれば、マータグとソーンはそのまま北へむかって、イズランザディ女王の軍と対決しなければならない。ナスアダもアーリアも、エラゴンのこの意見に同調した。ついでに、ラーザックがヴァーデン軍の脅威となる前に、やつらの息の根をとめておけるものならそうしたい。

サフィラは、わざと政治的な言葉を使って指摘した。ナスアダがエラゴンの君主としての権利を行使し、ヘルグラインド潜入を禁じれば、意見の相違と怨恨によって両者の関係が悪化し、ヴァーデンは大義を失うことにもなりかねない。〔でも〕とサフィラは続けた。〔選択するのはあなた。そうしたいなら、エラゴンをここにとどめておけばいい。ただし、エラゴンの〝忠誠の誓い〟はわたしとは無関係。だから、わたしはローランについていくことに決めた。なかなかおもしろい冒険になりそうだし〕

そのときのことを思い出して、エラゴンは思わず笑みをうかべた。

サフィラの宣言と、難攻不落の論理によって、ナスアダとアーリアはしぶしぶながら申し出を聞きいれた。

あとになって、ナスアダはいった。「エラゴン、サフィラ、今回の件についてわたしはあなたたちの判断を信じているわ。あなたたちのためにも、わたしたちのためにも、この遠征がうまくいくことを願っています」その声の調子からは、ナスアダが心からそう願っているのか、それとも遠まわしに脅しをかけているのか、エラゴンにはわからなかった。

エラゴンはその日の残りを、荷物をまとめたり、帝国の地図を頭に入れたりすることについやした。また、ローランの居場所が透視されるのをふせぐ魔法など、必要な魔法をほどこした。

次の朝、エラゴンとローランを乗せて飛びたったサフィラは、バーニングプレーンズにたれこめるオレンジ色の雲の上までのぼり、北東にむかって羽ばたいた。太陽が天空に弧を描いて移動し、地平線にしずみ、ふたたび赤や黄に燃える姿をあらわすまで、サフィラは休まず飛びつづけた。

最初のひとっ飛びで、一行は住む人のほとんどない帝国のはしまで進んだ。それからは、草地に点在する小さな村の住人の目をさけ、夜に移動しながら、西のドラス＝レオナとヘルグラインドをめざした。

病気の子牛の世話をする農夫や、見まわり中の夜警がたまたま空を見あげたとしても、その姿がワシにしか見えないよう、サフィラは雪をかぶった山々の頂より高く飛んだ。そこまで上昇すると、空気は薄く、乾燥して、肺をさすように冷たい。エラゴンとローランは外套(がいとう)や毛皮、毛糸の手袋、フェルトの帽子にすっぽり身を包まなければならなかった。

エラゴンは地上のいたるところで、戦時の証を目にした――兵士の野営地、物資を積んだ荷車が野営している場所、ガルバトリックスの兵として戦うため、鉄の首輪をつけて故郷から連れていかれる男たちの行列。あの大軍勢に対抗するのかと思うと、たしかに気が遠くなる。

二日目の夜が明けるころ、遠くにヘルグラインドが見えてきた。夜明け前の青白い光のもと、柱が林立するような、不気味な山の輪郭がぼんやりとうかびあがっていた。いまいるこのくぼ地にサフィラがおりたつと、三人はほとんど丸一日眠ってから、偵察にとりかかったのだった。

ローランがくずれかけた焚き火に枝を投げこんだ。琥珀色の火の粉が噴水のようにふきあがって渦をまく。エラゴンの視線に気づくと、ローランは肩をすくめ、「寒いんだ」といった。

エラゴンがこたえようとしたとき、剣をぬくときのような、なにかがサーッとすべる音がした。

エラゴンは頭で考えなかった。音と反対方向に飛びだすと、一回転して身をかがめ、襲撃にそなえてサンザシの杖をかまえた。ローランも同じぐらいすばやかった。地面から盾をとり、すわっていた丸太から飛びのき、ベルトから槌をぬくという動作をわずか数秒でやりとげた。

彼らは身じろぎもせず、敵の攻撃を待った。

心臓が早鐘を打ち、筋肉がふるえるのを感じながら、エラゴンはかすかな動きも見のがすまいと暗闇に目をこらした。

〔なんのにおいもしない〕サフィラがいった。

なにごとも起こらないまま数分がすぎると、エラゴンはあたりの気配を意識でさぐった。「だれもいない」自分のなかの魔力の流れに神経を集中し、古代語を発する。

「ブリジンガー・ラウダー！」

数十センチ前方にほの赤い魔法の光がぱっとあらわれ、目の高さにうかんだまま、くぼ地をあわく輝かせた。

エラゴンがわずかに体を動かすと、魔法の光は見えない棒でつながっているように、同じ動きをする。

ローランといっしょに音の出所を追って、うねうねとのびる峡谷を東へたどってみる。武器を高くかまえ、一歩ごとに足をとめ、いつでも防御できるようにしながら進む。十メートルほど進んだところでローランが手をあげてエラゴンを制し、草の上の頁岩（けつがん）のかけらをしめした。どう見てもそこにあるのは不自然だ。ローランがひざまずいて手にとり、こすってみると、さっき聞こえたのと同じサーッという鉄のこすれるような音がした。

「上から落ちてきたんだ」エラゴンは峡谷の両わきを見あげていった。魔法の光は消えるにまかせる。

ローランはうなずいて立ちあがり、ズボンについた泥をはらった。

サフィラのもとへもどりながら、エラゴンは自分たちの反応を思いかえした。心臓はかたくちぢこまって痛み、両手はまだふるえている。何キロも必死で走ったあとのようだ。これまでなら、あんなことでビクついたりしなかった。眠れない理由はわかっている――ひとつ戦うごとに自信が少しずつ失われ、あとに残った過敏な神経は、ちょっとふれられただけでビクッと反応する。

ローランも同じようなことを考えていたらしい。「あいつらを見ることはあるか?」

「だれを?」

「殺した相手だよ。夢に出てこないか?」

「たまに」

脈打つように燃える火が、ローランの顔を下から照らしている。口の上やひたいに濃い影ができ、まぶたの重くたれた目が不気味に見える。いいにくいことをいおうとするかのように、ローランはゆっくり口を開いた。「おれは戦士になりたいなんて望んだことはなかった。血と栄光を夢見たこともある。男ならみんなそうだ。おれにとってつねに大切なのは故郷の土地だった。土地と家族……だけど、いまやおれは人殺しだ……何人も殺してきた。おまえはそれ以上の命をうばってきたはずだ」ローランはどこか遠くを見すえている。「ナーダのふたりの男のこと……もうおまえに話したか？」

聞いてはいたが、エラゴンは首をふって沈黙を守った。

「ふたりは正門の門衛だった……ひとりはせいぜい二十四、五歳ぐらいなのに、すっかり頭が白くなっていたから、よくおぼえてる。ふたりともガルバトリックスの紋章の入った軍服を着ていたが、話しぶりからするとナーダの住人らしかった。プロの兵士じゃなかったんだ。ただ、自分たちの土地をアーガルや海賊や山賊から守りたかっただけなのかもしれない……彼らにむかって、指一本つきつけるつもりはなかった。誓って本当だ、そんなことはおれたちの計画には断じてなかった。だけど、選択の余地はなかった。ふたりはおれの正体に気づいたんだ。おれは白髪の男ののどもとをさした……ブタののどをかき切る神のように。そしておれは、もうひとりの男の頭をたたきわった。骨がくだけたときの感触がいまもこの手に残ってる……カーヴァホールにいた兵士から、バーニングプレーンズの敵まで、自分の加えた打撃のひとつひとつをおぼえてるんだ……目をとじると、ティールムの埠頭に放った炎が心のなかで赤々と燃え、眠れないときがある。きっとあのときから、おれは正気を失いはじめたんだ」

　エラゴンはサンザシの杖をにぎりしめたこぶしが白くなり、手首の内側の腱がうきあがっているのに気づいた。「ああ。最初はアーガルだけが相手だった。それがアーガルと人間になって、今回の戦いは……正しいことをしてるとわかってはいるけど、正しいのと、たやすいのはわけがちがうよな。ドラゴンとライダーとして、サフィラとぼくはヴァーデン軍の前線に立って、敵の大軍勢を全滅させることを期待されてる。だから期待どおりに行動する。これまでもそうしてきたんだ……」エラゴンは声をつまらせ、だまりこんだ。

〔騒乱はあらゆる大きな変化をともなうもの〕サフィラがふたりに伝えてきた。〔わたしたちはその変化を起こす張本人として、背負うべき以上の経験をしてきた。わたしはドラゴン。自分に危険をもたらす相手の死を悼みはしない。ナーダで門衛を殺したことはほめられる行為ではないとしても、罪悪感をおぼえることもない。そうするしかなかったのだから。ローラン、あなたは戦わねばならないとき、戦闘の荒々しい喜びにつきうごかされることはないか？　相手として不足ない敵にむきあったときの快感や、目の前に積みあがった敵の死体を見たときの満足感を知らないといえるか？　エラゴン、あなたはそれを経験してきた。従兄にうまく伝えてほしい〕

　エラゴンは薪を見つめた。みとめたくはないが、サフィラは真実を語っていた。だからといって、暴力を楽しむことが可能だとみとめてしまったら、自分は軽蔑すべき相手になりさがる。だからエラゴンはだまっていた。むかいで、ローランも同じような気持ちを抱いているようだ。

　口調をやわらげて、サフィラはいった。〔おこらないでほしい。動揺させるつもりはなかった……あなたたちがこうした感情に慣れていないことを、ときどきわすれてしまう。なにせ、わたしは卵から孵（かえ）った日から、生きのこるために全力で戦ってきたから〕

　エラゴンは立ちあがり、鞍袋（くらぶくろ）のあるところまで歩いていき、別れる前にオリクがくれた陶器の小さな広口びんから、ラズベリーのハチミツ酒をたっぷりふた口、のどに流しこんだ。胃がかっと熱くなる。エラゴンは顔をしかめ、ローランにも広口びんをわたし、酒を飲ませた。

いくらか飲んで、ハチミツ酒が暗いムードをやわらげるのに効果を発揮すると、エラゴンはいった。「あしたはひとつ問題が発生するかもしれない」

「なんのことだ?」

エラゴンの言葉はサフィラにもむけられていた。「ぼくたちが――ぼくとサフィラが――たやすくラーザックをあやつることができたと話したのをおぼえてるか?」

「ああ」

〔できただけじゃなく、今でもできる〕とサフィラがいった。

「ヘルグラインドを偵察中にそのことを考えてたんだけど、確信がもてなくなったんだ。魔法でなにかをしようと思えば、そのやり方は無限にある。たとえば、もし炎をおこしたいと思ったら、空気中か地中の熱を集めて火をつけることもできるし、純粋なエネルギーから炎を生みだすこともできる。稲妻を起こしたっていい。一か所に大量に日光を集中させるのもありだし、摩擦を利用することだってできる。ほかにも方法は考えられる」

「だから？」

「問題は、このひとつの行為のために、いくつもの魔法を編みだしたとしても、それらをふせぐにはおそらく、たったひとつの防御の呪文しかいらないってことだ。その行為を未然にふせぐことができれば、それぞれの魔法にあわせて防御の呪文をあつらえる必要はないんだ」

「それがあしたとなんの関係があるのか、おれにはまだわからない」

〔わたしにはわかる〕とサフィラがふたりにむかっていった。エラゴンがいわんとしていることを即座に理解したのだ。〔つまり、何世紀にもわたってガルバトリックスは――〕

〔――ラーザックのまわりに防護をめぐらせてきたかもしれない――〕

〔――それはあらゆる範囲におよぶ呪文から――〕

〔――ラーザックを守るものだ。ぼくにはできないかもしれない――〕

〔――やつらを殺すことが――〕

〔――ぼくが教わった死の呪文を使っても――〕

〔――これから新たに攻撃の呪文をつくりだしたとしても。わたしたちが――〕

〈――たよりにできるのは――〉

「やめろ！」ローランがさけんだ。つらそうに笑みをうかべた。「たのむから、やめてくれ。それをやられると、頭が痛くなる」

エラゴンはぽかんと口をあけた――その瞬間まで、サフィラが自分と交互に話していることに気づいていなかったのだ。エラゴンはうれしくなった。サフィラとふたりでひとつの存在であるかのように行動しているのだ。別々の存在でいるよりも、そのほうがはるかにパワーが増す。ただ、そういった結びつきは個々の存在を希薄にするおそれがある。

エラゴンは笑いをこらえた。「悪かったよ。ぼくが心配なのは、もしガルバトリックスが先を読んで予防策をこうじていたら、ラーザックを殺すために魔法は使えないということなんだ。まともにぶつかりあうしかなくなる。本当にそうだとしたら――」

「あした、おれは足手まといにしかならない」

「バカいうな。速さではラーザックに劣るとしても、おまえの武器はやつらの脅威になるに決まってるさ、ローラン・ストロングハンマー」ローランはほめられて満足そうだ。「おまえにとって最大の危険は、ぼくとサフィラから引きはなされることだ。三人はそばにいればいるほど安全だ。ぼくとサフィラで、ラーザックとレザルブラカの相手をするけど、ぼくたちをすりぬけておまえをおそうやつも出てくるかもしれない。四対二で戦ったとき、やつらに勝ち目があるのは、おまえを手中におさめた場合だけだ」

サフィラにむかってエラゴンはいった。〈剣さえあれば、ラーザックなんてぼくひとりでたおせたさ。でもこの杖(つえ)だけで、エルフなみに動きの速い怪物二匹、たおせるかどうかわからない〉

〈まともな武器ではなく、そのかわいた小枝をもっていくといいはったのはあなた。わすれないで。ラーザックのような危険な敵にはそれでは不十分だと、わたしはいったはず〉サフィラはいった。

エラゴンはしぶしぶみとめざるをえなかった。〈呪文がうまくいかなかったら、ぼくらは予想以上に無防備になる……あしたは大変な一日になりそうだな〉

ローランはさっきの話にもどった。「魔法ってやつは、ずいぶんめんどうなんだなあ」ローランがひざにひじをつくと、すわっている丸太がギシギシ音を立てる。

「たしかに」エラゴンはみとめた。「いちばん大変なのは、あらゆる呪文を前もって予想しておかなきゃならないことなんだ。こんな攻撃をされたらどうふせぐかとか、相手の魔術師がそれを予期してたらどうするかとか、つねにそんなことばかり考えてるよ」

「おまえと同じぐらいの速さと力を、おれにつけることはできないのかな？」

エラゴンはしばらく考えてからいった。「それはむずかしいな。そのためのエネルギーを、どこかから移動させなきゃならないんだ。サフィラとぼくが、おまえにそれだけの力をあたえたら、こっちがそれと同じスピードとパワーを失ってしまう」手近な動物や植物からエネルギーを得られるということは、いわずにおいた。それは、力をすいとられた弱い生物の死、という痛ましい代償を意味する。そうした秘奥のことは、軽々しく口にするべきではないと感じたのだ。それにヘルグラインドには、小さな生物しか生息していない。ローランのエネルギー源としては、まったく役に立たないだろう。

「じゃあ、魔法の使い方を教えてくれないか？」エラゴンがためらっていると、ローランはつけくわえた。「もちろん、いますぐってわけじゃない。時間もないしな。ひと晩たらずで魔法使いになれるなんて思っちゃいないさ。だけど、無茶な話じゃないだろ？ おれとおまえは従兄弟だ、同じ血が流れてるんだ。身につけておいて損はないだろう？」

「ライダーじゃない人間が、どうやって魔法を身につけるのかはわからないよ」エラゴンは白状した。「そういうことは習ってないんだ」エラゴンは地面を見まわして、円盤形の石をひとつ手にとり、従兄にほうった。ローランはそれを逆手でつかむ。

「これをためしてみろよ。石を三十センチぐらいの高さにもちあげて、『ステンラ・リサ（石よ、あがれ）』っていうんだ」

「ステンラ・リサ？」

「そう」

ローランは掌の石にむかって顔をしかめた。

それを見て、エラゴンは自分の修行のときの姿をかさねあわせ、ブロムとすごした日々をなつかしく思った。

ローランはまゆをよせ、くちびるをすぼめ、「ステンラ・リサ！」とうなった。声で石を飛ばそうとするほどの気合いだ。

ローランはますますきびしい顔になって、命令をくりかえした。「ステンラ・リサ!」

石はぴくりとも動かない。

「まあ、続けることだよ。ぼくに教えられるのはこれだけだ。だけど――」ここでエラゴンは指を一本立てた。「――もしも成功したら、すぐぼくにいうんだ。ぼくがいなければ、ほかの魔法使いにかならず報告すること。規則を理解せずに魔法を使えば、命にかかわるからね。これだけはおぼえておくんだ――膨大なエネルギーを使う呪文をとなえることは、死につながる。能力をこえた魔法を使ったり、死者を生きかえらせようとしたり、物の本質を変えようとするのは、ぜったいしてはいけないことだ」

石を見つめたまま、ローランはうなずいた。

「魔法はさておき、いま思い出したよ」エラゴンはいった。「おまえはもっとずっと大事なことをおぼえなきゃならないんだった」

「というと?」

「思考をかくせるようにならないと。そう、〈黒き手〉や魔術師の会(ドゥ・ヴラングル・ガータ)や、あらゆる魔術師からね。おまえはいま、ヴァーデンのことをいろいろと知っている。そのなかには、知られたら不都合なことだってある。今回のことが終わったら、すぐにこの技術をおぼえてもらうぞ。密偵から思考を防御できるようになるまで、敵にとって有益な情報をもってるおまえを、ぼくもナスアダも信用するわけにいかないからな」

「わかった。だけど、なんでドゥ・ヴラングル・ガータまで？　彼らはヴァーデンの味方なんじゃないのか？」

「そうだよ、でも味方のなかにだって、自分の右腕をさしだしてでも――」その表現がさっきの光景にぴったり当てはまることに、エラゴンは顔をしかめた。「――ぼくらの計画や秘密をさぐろうとする者は、少なからずいるんだ。当然、おまえのこともな。ローラン、おまえは重要人物になったんだよ。それはおまえのやった偉業のせいでもあるし、ぼくと血がつながってるせいでもある」

「わかってる。見ず知らずの相手に一方的に知られてるのって、へんな感じだな」

「まったくだ」まだ話したいことがあったが、エラゴンはのどもとまで出かかった言葉をおさえた。またの機会にじっくり話せばいい。「おまえはもう、他者から意識にふれられたときの感覚がわかってるんだ。自分から他者の意識にふれる方法を、おぼえられるかもしれないな」

「そういうのは、おぼえたほうがいいかどうかわからん」

「まあいいさ。できるかどうかもわからないんだ。そんなことを考える前に、いまはまず防御の技をおぼえないと」

従兄はまゆをつりあげた。「どうやって?」

「なにかを選んで。音でも映像でも感情でも、なんでもいい、それを心のなかでふくらませて、ほかのあらゆる思考を消しさるんだ」

「それだけか?」

「思ってるほどかんたんじゃないぞ。さあ、ためしてみよう。準備ができたら、教えてくれ。どれだけできてるか、たしかめてみる」

時がすぎた。やがてローランが指をパチッと鳴らし、エラゴンは従兄にむかって意識を放った。ローランにどれぐらいのことができるのか、知りたかった。

エラゴンがローランのなかに思いきり放った意識の光線は、カトリーナの記憶できずきあげた壁にぶつかってとまった。正面から突破することも、すきまやとっかかりを見つけることもできず、そびえたつ強固な壁の下に穴を掘ることもできない。ローランの全存在が、カトリーナへの想いの上になりたっているのだ。その防御は、エラゴンがこれまでに遭遇したどんなものよりかたい。ローランの意識には、それをつかんであやつれるような部分など、どこにもなかった。

ローランが足を動かすと、こしかけていた木がきしんで耳ざわりな音を立てた。それを合図に、ローランのなかにいくつもの思考が先を争うようになだれこみ、エラゴンをさえぎっていた壁は粉々にくだけた。〔なんだ……くそ！　そんなもんにかまうな。エラゴンに侵入されちまう。カトリーナ、カトリーナを思い出せ。エラゴンは無視しろ。カトリーナが結婚を承諾してくれた夜のこと、草とカトリーナの髪の香り……エラゴンか？　だめだ！　集中しろ！　気にす――〕

その混乱に乗じてエラゴンは猛然と攻めこみ、ローランがふたたび防御しようとするのを、意志の力でおさえた。

〔基本的な理解はできてるようだ〕といって、エラゴンはローランの意識からしりぞき、声に出していった。

「だけど、戦闘のまっただなかでも、集中を切らしちゃいけないんだ。無意識にできるようにならないと……希望も不安もすべて心から追いだして、鎧となる思考ひとつだけを残しておくんだ。エルフに教わってためになったのは、なぞなぞや詩や歌を暗誦すること。くりかえし暗誦できることがひとつあると、集中するのがずっとラクになる」

「やってみるよ」ローランは約束した。

静かな声でエラゴンはいった。「カトリーナのこと、心から愛してるんだね？」それは質問というより事実と感嘆をあらわす言葉だった。きくまでもないことだから、口にすべきかどうかもわからなかった。ローランとは昔から、カーヴァホールの若い娘たちについて、あれこれ批評をしあったものだが、恋愛について面とむかって話したことはない。「そもそも、どうしてそうなった？」

「おれはカトリーナを好きになり、カトリーナはおれを好きになった。こまかいことが重要か？」

「なあ、いいだろ」エラゴンはいった。「おまえがセリンスフォードに発つ前、腹が立っててききそびれたんだ。そして、たった四日前に再会できた。話してくれよ」

ローランがこめかみをもみ、目じりの皮膚がつっぱってシワがよった。「話すようなことはたいしてないさ。カトリーナのことは昔から好きだった。若いころは深く考えていなかったけどな。でも大人になるにつれ、だれと結婚したいか、だれに子どもの母親になってほしいか、考えるようになったんだ。たまたまカーヴァホールに行ったとき、カトリーナがロリングの家の横で立ちどまって、軒下に生えたコケバラをつんでるのを見たんだ。花を見て、カトリーナはほほえんだ……それがあまりにもやさしげで幸せそうな笑顔だったから、その瞬間、彼女を何度もそんなふうに笑わせてやりたい、死ぬまでその笑顔を見ていたいと思ったんだ」ローランの目に涙がうかんだが、こぼれおちることはなく、一瞬ののち、まばたきとともに消えた。「それができないと思うとこわくなる」

じゅうぶんな間をおいて、エラゴンはいった。「で、カトリーナにプロポーズした？　ぼくに助けを求めもしないで、どうやって事を運んだんだ？」

「なんだかおまえ、教えを乞いたいみたいだぞ」

「ちがうよ。へんな想像を――」

「おい、白状しろ」ローランはいった。「おまえがウソついてるときはわかるんだぞ。へらへら笑って、耳が真っ赤になる。エルフから新しい顔をもらったのに、変わらんところもあるわけだ。なあ、おまえとアーリアのあいだにはなにがあるんだ？」

ローランの直感のするどさに、エラゴンはうろたえた。「なにもないよ！　月の光のせいで、頭がいかれたんじゃないのか？」

「正直にいえよ。おまえはアーリアのひと言ひと言を、まるでダイヤモンドみたいに愛しく思ってる。腹ぺこなのに、手のとどかないごちそうを見るみたいな目で、いつも彼女を見てるじゃないか」

むせたような音とともに、サフィラの鼻孔から濃い灰色の煙が立ちのぼった。

サフィラがひそかにおもしろがっているのを無視して、エラゴンはいった。「アーリアはエルフだ」

「そして、すごくきれいだ。とがった耳もつりあがった目も、その魅力の前にはささいな欠点にすぎない。おまえだって、いまじゃネコみたいな顔なんだし」

「アーリアは百歳をこえてるんだぞ」

その情報にローランは仰天し、まゆをつりあげた。「信じられない！　あんなに若く見えるのに！」

「本当なんだ」

「たとえそうだとしても、おまえがいってるのは理屈だ。心ってやつは理屈なんかじゃおさえられない。アーリアにほれてるんじゃないのか？」

〔エラゴンがこんどアーリアにほれたら、わたしが彼女にキスをしてやる〕サフィラがエラゴンとローランのふたりにいった。

〔おい、サフィラ！〕恥ずかしさに、エラゴンはサフィラの足をピシャリと打った。ローランには、それ以上エラゴンをからかわないだけの分別があった。「じゃあ最初の質問にもどって、おまえとアーリアのあいだがどうなってるのかだけ教えろよ。それについて、アーリア本人や、家族と話したことはあるのか？　こういうことは胸にためておくものじゃないんだぜ」

「ああ」エラゴンはみがきあげられたサンザシの杖(つえ)をまじまじと見つめた。「本人に話したよ」

「で、どうなった？」エラゴンがすぐに答えないので、ローランはいらだって声をあげた。「おまえから答えをききだすのは、泥のなかからバーカを引っぱりだすよりむずかしいな」エラゴンは故郷の家の荷馬、バーカの名前を聞いて、クスッと笑った。

「おいサフィラ、おれのためにこの謎ときをしてくれないか？　じゃなきゃ、いつまでも納得のいく説明が得られない」

「どうにもならなかったのさ。完全に拒否。受けいれてもらえなかったよ」他人の不幸を伝えるように、冷静な口調で話しながらも、心のなかには激しい痛みがおしよせていた。サフィラがいくらか距離をおくのがわかった。

「それは残念だったな」ローランはいった。

エラゴンはのどのつかえと、胸のうずきと、胃のもやもやを消すように、つばをぐっと飲みこんだ。「しょうがないよ」

「いまはまだ考えられないかもしれないが、アーリアをわすれさせてくれる相手に、いつかかならず出あうさ。ライダーの気を惹きたがる若い娘は、星の数ほど――賭けてもいいが、結婚してる女も少なからず――いるぞ。妻をさがすなら、アラゲイジアの美女のなかから、よりどりみどりだ」

「じゃあ、カトリーナが結婚をことわっていたとしたら、おまえはどうした？」

その質問にローランは口ごもった。どうしていたか想像すらできないのだ。

エラゴンは続けた。「きみもアーリアも、みんなかんちがいしてるみたいだけど、ぼくだってわかってるさ。アラゲイジアには、ぼくにふさわしい相手がいくらだっているってことも、恋に落ちるのが人生一度きりじゃないってこともね。オーリン王の宮廷の女性たちといっしょにすごせば、だれかを好きになることもあるかもしれない。だけど、ぼくの進む道はそんなにかんたんじゃないんだ。おまえのいうとおり、心ってやつはひどく気まぐれだから、ぼくもほかのだれかを好きになるかもしれない。それでも問題は残る。好きになっていいのかってね」

「おまえの舌、モミの木みたいにねじくれちまったな」ローランはいった。「謎かけじゃなく、わかりやすく話してくれ」

「だからつまり——ぼくが何者か、どんな大きな力をもっているか、どれほどの女性が理解してくれるかってことなんだ。だれが、この人生をいっしょにすごしてくれる？　そんな相手はひと握りしかいない。しかも、みんな人間じゃない。魔法使いだ。そのかぎられた女性のなかに、いや、全体的にながめてみても、不死の相手が何人いる？」

ローランは笑った。腹の底からわきあがるざらついた笑い声が、峡谷にひびきわたる。「おまえ、まるで太陽まで支配したみたいな言い方を——」駆けだそうとして不自然にとまったみたいに、こわばった顔で言葉を切った。「まさか」

「そうなんだ」

ローランは必死で言葉をさがした。「エレズメーラでの変化のせいなのか？　それとも、ライダーになったことに関係してる？」

「ライダーの性質の一部なんだ」

「だからガルバトリックスは死なないんだな」

「ああ」

ローランが焚き火に節くれだった枝を追加すると、残っていた樹液か水がシュッとはぜた。

「あまりにも……とほうもないことで、想像がつかない」ローランはいった。「死は人間の一部だ。おれたちをみちびき、形づくっているものだ。死がおれたちを狂気へと走らせる。命が果てないとしたら、それでも人間でいられるのか？」

「ぼくだって不死身じゃないよ」エラゴンは指摘した。「剣や矢で死ぬ可能性は、いまでもあるんだ。それに、なにかの不治の病でだって」

「でもそういう危険をさければ、永遠に生きつづける」

「まあ、そうだね。サフィラとぼくは生きながらえる」

「いいのか悪いのか、わからない」

「そうだろ。自分は時の流れの影響を受けないのに、年をとって死んでしまう女性と結婚するなんて、おたがいにとって残酷なことだ。何世紀にもわたって次々と新しい妻をもらうと考えるのも憂鬱になる」

「魔法でその相手を不死にすることはできないのか？」ローランはたずねた。

「白髪を黒くすることも、シワをのばすことも、白内障をなおすこともできるし、極端な話、六十歳の人を十九歳のころの肉体にもどすことだって可能だよ。だけど、人の記憶をこわさずに若いころの脳にもどす方法は、エルフも見つけだしていないんだ。不死と引きかえに、何十年かおきに記憶が消えてもいいと思う人がいる？　そんなことをしたら、生きつづけるのは別人だ。若い肉体に老いた脳というのもうまくいかない。どんなに健康でも、人間は百年たらずしか生きられないようにつくられてるんだ。たんに老化をとめればいいってものでもない。それだと、ほかの問題が山ほど出てくるし……そう、エルフも人間も、死をふせぐために無数の方法をためしてみたが、なにひとつ成功しなかったんだ」

「つまり、おまえにとっては」ローランが口を開いた。「人間の女性を受けいれようとするより、アーリアを愛してるほうが無難ってことか」

「エルフ以外のだれと結婚できると思う？　とくに、いまのぼくの外見のことを考えると」エラゴンは指をのばし、とがった耳の先をなぞるクセをおさえた。「エレズメーラにいるときは、ドラゴンに容貌を変えられたことを、たやすく受けいれることができた。なにしろ、ドラゴンはそれ以外にもぼくにたくさんの贈り物をくれたからね。それに、〈血の誓いの祝賀〉のあと、エルフたちは前より親しみをこめてぼくに接してくれるようになった。でも、ヴァーデンと合流して初めて、自分がどれほど変わったかに気づいたんだ……そして、悩みもした。ぼくはもうふつうの人間じゃない。かといって本物のエルフでもない。その中間のなにか――ふたつの種族が入りまじったものなんだ」

「まあ、気にするな！」ローランはいった。「不死の心配なんて、する必要ないかもしれないぞ。ガルバトリックスかマータグかラーザックか、あるいは名もない帝国兵にだって、いつ剣をつきさされるかもしれないんだ。賢いやつなら、未来なんか無視して、じゃんじゃん酒を飲んで、いまのうちにこの世を楽しんでおくことだ」

「神が聞いたらなんていうか……」

「こっぴどい仕打ちをするだろうな」

ふたりはいっしょに笑ったが、またもや沈黙がしのびこんできた。疲労感と親しさ、そしてふたりの大きなちがいから生じる沈黙だ。かつてともに暮らし、ひとつの旋律をともにかなでてきたふたりに、運命がもたらしたちがいから。

〈眠ったほうがいい〉サフィラはエラゴンとローランにいった。〈もうおそい。あしたは早く起きなければ〉

エラゴンは黒い丸天井のような空を見あげ、星の移動で時刻を読みとろうとした。思っていたより夜が深まっている。「本当だ」エラゴンはいった。「ヘルグラインド潜入前に、あと二、三日体を休められるとよかったんだけどな。〈バーニングプレーンズの戦い〉で力を使いはたしたうえ、ふた晩かけてここまで飛んできたんだ。サフィラだって力が回復していないだろう？　ぼくも手足はまだ痛むし、あちこち傷だらけだ。見ろよ……」エラゴンはシャツの左のそで口の結び目をほどき、やわらかいラマーレ——よりあわせた羊毛とイラクサの糸からエルフがつくりあげた織物——をまくりあげた。前腕の盾につぶされたところが、黄色いすじになってイヤなにおいがしている。

「ヘッ！」ローランはいった。「そんな小さいのが傷だって？　けさおれがかかとをぶつけたときのほうが、よっぽど痛かったよ。ほら、男が誇りにしていい傷ってもんを見せてやる」そういって左のブーツのひもをほどいてぬぐと、ズボンのすそをまくって、大腿四頭筋にななめに走る、エラゴンの親指ほどの太さの黒いすじを見せた。

「ふりむきざま、兵士の槍の柄を受けたんだ」

「なかなかだけど、ぼくにはもっとすごいのがある」エラゴンはチュニックをぬぎすて、ズボンからシャツを引っぱりだし、体をひねって肋骨の大きなアザと、腹部の同じように変色したアザをローランに見せた。「矢がつらぬいたのさ」エラゴンはさらに右の前腕を出し、もう片方の腕とおそろいのように走る傷を見せた。腕甲で剣をかわしたときのものだ。

　こんどはローランが、左わきから背骨の下にかけて、金貨ほどの大きさの青緑の斑点がならんでいるのを披露した。ごつごつした岩と浮きだし模様の甲冑の上に落ちた傷だ。

　エラゴンはその傷をまじまじとながめ、おかしそうに笑っていった。「フン、針でついたみたいなそんな傷！　迷子になってバラのしげみにつっこんだのか？　こっちのほうが断然すごいよ」エラゴンはブーツをぬぐと、立ちあがってズボンをおろした。これで身につけているのはシャツと毛織りのズボン下だけになった。「こいつにかなう傷があるか?」エラゴンはももの内側を指さした。青リンゴから腐ったリンゴの紫まで、好き勝手に熟しためずらしい果実のように、色とりどりのアザが皮膚を染めていた。

「うわっ」ローランはいった。「なにがあったんだ?」

「空中でマータグとソーンと戦ってるときに、サフィラから飛びおりたんだ。ソーンをさしたときさ。地面にたたきつけられる前に、サフィラがすべりこんで受けとめてくれたんだけど、その衝撃がすごくてさ」

ローランは顔をしかめると同時に身ぶるいした。「それってつまり、あの高さからずっと……」声がかすれ、空にむかってあいまいに手をふる。

「不運なことにね」

「なるほど、そいつはたいした傷だ。誇りに思っていい。そんな場所で、そんなふうに戦うなんて……まさに名誉の負傷だ」

「みとめてもらえてうれしいよ」

「だけど――」ローランはいった。「――おまえの傷のほうが大きいにしても、おれがラーザックから受けた傷には太刀打ちできんぞ。たしか、おまえの背中の傷はドラゴンが消してくれたんだろ」ローランは話しながらシャツをぬぎ、残り火のほうへ体をのばした。

エラゴンは目を見ひらいたが、さりげない顔をよそおってショックをおさえた。そんなにひどい傷じゃないさ、と自分の大げさな反応をいましめる。だがローランの傷は、見れば見るほどひどかった。

鎖骨からひじのすこし下にかけて、右肩を包むように、赤くくぼんだ生々しい傷が長々と走っている。ラーザックはローランの筋肉の一部を切断していた。傷の下で繊維組織が反発しあったように、皮膚が醜くふくれあがっている。ふたつの切断面がもとどおりにくっつかなかったのだ。上のほうは、皮膚が内側にへこみ、一センチほどのくぼみができている。

「ローラン！　この傷を早く見せてくれればよかったのに。ラーザックに、こんなにひどくやられたなんて知らなかった……腕を動かすのに支障はないのか？」

「横とうしろに動かすぶんにはな」とローランは答え、じっさいにやって見せた。

「だけど、前に動かすと……胸のあたりまでしかあげられない」顔をしかめ、腕をおろす。「それも、やっとのことなんだ。親指を水平にたもっておかないと、腕が動かなくてさ。でも、いい方法を見つけたんだ。腕をうしろからふりあげて、ものをつかむのさ。コツをつかむまで、指関節を何度かすりむいたけどな」

エラゴンは両手のあいだで杖(つえ)をひねった。〔やっておくべきかな？〕サフィラにたずねる。

〔やるべきだと思う〕

〔あしたになったら、やったことを後悔するかも〕

〔いざというとき槌(つち)をふるえずにローランが死んだら、もっと後悔する。あなたはこのあたりの生物からエネルギーをもらえば、それ以上疲れを感じずにすむ〕

〔あれをやるのは好きじゃないって知ってるだろ。口にしたくもない〕

〔アリよりもわたしたちの命のほうが重要だ〕サフィラは反論した。

〔アリにとってはちがう〕

〔あなたはアリなの？　善人ぶるのはやめなさい〕

エラゴンはひとつため息をつくと、杖を置いてローランを手まねきした。「来いよ、その傷をなおしてやる」

「そんなことができるのか？」

「できるさ」

高揚感がローランの顔を輝かせたが、それからためらい、こまったような顔になった。「いまやるのか？　まずくないのか？」

「サフィラがいうように、その傷のせいでおまえが死んだり、ぼくらが危険にさらされるとこまるからね。いまのうちになおしておかないと」エラゴンはローランの赤い傷あとの上に右手をかざし、同時に、峡谷にすむ動物や植物を意識でとりかこんだ。魔法に耐えられないような弱い生き物は、そこに入れないようにする。

エラゴンは古代語をとなえはじめた。暗唱した呪文は長く複雑なものだ。こうした傷を治療するのは、新しい皮膚をつくるのとはわけがちがう。かなりやっかいな仕事だ。エラゴンはエレズメーラで何週間もかけておぼえた治癒の呪文を使った。

エラゴンが魔法を放つと、掌（てのひら）の銀色のしるし、ゲドウェイ・イグナジアが熱をもって白く輝いた。直後、エラゴンは無意識のうちに、三度、死のうめきをもらした。そばのネズの木にとまっていた二羽の小鳥が死んだときと、岩かげのヘビが死んだときだ。目の前では、ローランの皮膚の下で肩の筋肉がもりあがり、のたうっている。

ローランは頭をのけぞらせ、歯をむいて声にならないさけびをあげている。

治療は終わった。

エラゴンはふるえながら息をすい、両手に顔をうずめ、こっそり涙をぬぐってから、治療のあとをのぞきこんだ。

ローランは肩を上げ下げしたり、腕をぐるぐるまわしたりしている。農場の柵の穴ほりや、石運びや、干し草を投げる作業を長年やってきたおかげで、ローランの肩は広くたくましい。

エラゴンはちくりと嫉妬を感じた。自分はローランより強いかもしれないが、これほど筋骨たくましくはなれなかった。

ローランはニヤッとした。「もとどおりだ！　いや、前より調子いいかもしれない。ありがとう」

「気にするな」

「こんな不思議なことって初めてだ。まるで脱皮してるみたいだったたよ。それに、ひどくかゆかった。皮膚を裂きたいぐらい――」

「おまえの鞍袋（くらぶくろ）からパンを出してくれないか？　腹がへったんだ」

「夕飯を食ったばかりじゃないか」

「ああいう魔法を使ったあとは、なにか腹に入れる必要があるんだ」エラゴンは鼻をすすり、ネッカチーフをとりだして鼻をふいた。それからまた鼻をすすった。事実はそれだけではなかった。エラゴンを苦しめているのは魔法そのものではなく、呪文が野生動物にはらわせてしまった犠牲だ。胃を落ちつかせるため、なにか腹に入れないと吐いてしまうのではと不安なのだ。

「具合が悪いのか？」ローランがたずねた。

「いいや」自分がもたらした死の記憶が心に重くのしかかっていた。エラゴンは憂鬱な思いをふりはらおうと、ハチミツ酒のびんに手をのばした。

大きく重くとがったなにかがその手をピシャリと打ち、地面におさえつけた。顔をしかめて見ると、サフィラの象牙色の鉤爪（かぎづめ）の一本がエラゴンの肉に食いこんでいる。瞳の大きな虹彩（こうさい）が光り、分厚いまぶたがカチリと音を立てた。

やがてサフィラは人間の指のように鉤爪をあげ、エラゴンは手を引っこめた。ハチミツ酒のことは頭から追いだそうと、サンザシの杖（つえ）をぎゅっとにぎりしめる。くよくよと落ちこむのはやめ、もっと身近な、形あるものに気持ちをむけることにした。

ローランが鞍袋から半分残ったサワーブレッドをとりだすと、うっすら笑みをうかべていった。「パンよりシカ肉はどうだ？　おれの分が残ってるんだ」ネズの枯れ枝でこしらえた即席の串には、キツネ色に焼いた肉が三切れささっていた。肉の放つ強烈なにおいが、エラゴンの敏感な鼻を刺激し、スパイン山脈で夜を明かしたことや、猛吹雪の夜、ローランとギャロウと三人、ストーブをかこんで楽しく食事したことがよみがえってくる。口につばがわいてきた。「まだあったかいぞ」ローランはそういうと、シカ肉をふってみせた。

意志を強くして、エラゴンは首をふった。「パンだけもらうよ」

「ほんとにいいのか？　最高の肉なのに——かたすぎず、やわらかすぎず、味つけも完璧だ。肉汁たっぷりで、ひと口かめば、エレインがつくった最高のシチューを食べてる気になるぞ」

「いや、だめなんだ」

「ぜったい気に入るって」

「ローラン、からかうのはやめて、そのパンをよこせよ！」

「よし、もうだいぶ元気になったみたいだな。おまえに必要なのはパンじゃなくて、おこらせてくれる相手なんじゃないか、え？」

エラゴンはローランをにらみつけ、目にもとまらぬ速さでその手からパンをうばいとった。

ローランはますますおもしろがっているようだ。エラゴンがパンをちぎるのを見ながら、こういった。「パンと果物と野菜だけでよく生きてられるもんだな。体力をたもちたいなら、肉を食わなくちゃ。食いたくならないのか？」

「おまえが思ってる以上に、食べたいよ」

「だったらなんで、こんなふうに自分をいじめるんだ？　この世の生き物はみんな、生きのびるためにほかの生物——それがただの植物だったとしてもだ——を食べなきゃならない。そういうふうにできてるんだからな。どうして自然の摂理にさからおうとする？」

〈わたしもエレズメーラでまったく同じことをいった〉とサフィラがいった。〈なのに、エラゴンは聞く耳をもたない〉

エラゴンは肩をすくめた。「この話はもうすんだだろ。おまえたちは好きなようにすればいい。ぼくはほかのだれの生き方にも、干渉するつもりはない。でも、良心にかけて、思考や感情を分かちあった動物を食べることはできない」

　サフィラの尾の先がぴくりとはね、地面からこんもりとつきだす岩に当たって音がした。〔まったく、救いようがない！〕サフィラは首をのばすと、ローランの手からシカ肉を串ごとかみとった。ぎざぎざの歯でかみくだかれてバリバリと音を立て、串もろともサフィラの熱く燃える腹のなかに消えた。〔うーん、あなたのいうとおり〕サフィラはローランにいった。〔なんと甘く、みずみずしいシカ肉――やわらかく、塩気がちょうどよく、体がふるえるほどおいしい。ローラン・ストロングハンマー、わたしの食事をたびたびつくってほしい。ただしこんどは、いっぺんにシカ五、六頭分をお願い。さもないと、まともな食事にならない〕

　本気だろうか？　シカ五、六頭ってかんたんにいうけど……。ローランは助けを求めるようにエラゴンを見た。ローランのその顔に、エラゴンは思わずふきだした。

　サフィラの朗々たる笑い声がエラゴンの笑い声に重なり、くぼ地にひびきわたった。残り火に照らされ、サフィラの歯が深紅にきらめいていた。

　三人が床について一時間、エラゴンは何枚もの毛布にくるまって夜の寒さをしの

ぎ、サフィラの横にあおむけになって寝ていた。あたりは、しんと静まりかえってい
る。魔術師が世界に魔法をかけ、この世のすべてが永遠の眠りにつき、こおりついて
変化をやめてしまったかのようだ。きらめく星だけが、そのようすを見守っている。
　身動きせずに、エラゴンは心のなかでささやきかけた。〔サフィラ？〕
〔小さき友よ、なにか？〕
〔ぼくの予想どおり、彼がヘルグラインドにいたらどうする？　そうなったらどうし
たらいいか、ぼくには判断がつかない……どうしたらいいか教えてくれよ〕
〔わたしには教えられない。これはあなたが自分自身で決めなければならないこと。
人間のやり方とドラゴンのやり方はちがう。わたしなら彼の頭をかみちぎって、体を
食べてしまうかもしれない。でも、あなたにとっては、それは正しいおこないではな
いはず〕
〔どう決めたとしても、味方になってくれる？〕
〔わたしはいつもあなたの味方。さあ、もうやすんで。すべてうまくいく〕
　エラゴンはほっとして、星のすきまの虚空を見つめ、ゆっくり呼吸し、睡眠にかわ
る忘我の境へすいこまれた。あたりの気配は意識しながらも、いつものように目ざめ

ながらの夢のなか、白い星座を背に、おぼろな影が支離滅裂なことを演じるのをながめていた。

03

ヘルグラインド潜入

エラゴンは夜明けの十五分前に起きあがった。指を二回鳴らしてローランを起こし、毛布をひろいあげ、ぐるぐるまきにしてかたくむすぶ。

体を起こしながら、ローランも自分の寝具を同じようにかたづけた。

ふたりは顔を見あわせ、カトリーナのことをたのめるか？」ローランがいった。

「おれが死んだら、カトリーナのことをたのめるか？」ローランがいった。

「まかせとけ」

「そのときはカトリーナに、おれは喜びを胸に抱き、カトリーナの名前をくちびるに乗せて、戦いにのぞんだと伝えてくれ」

「伝えるよ」

エラゴンは古代語の一文をすばやくとなえた。その魔法では、たいして体力を消耗しなかった。「よし。これで目の前の空気が浄化される。ラーザックの息で心身が麻痺するのをふせぐことができる」

エラゴンは荷物のなかから麻布の包みをとき、鎖帷子をとりだした。かつてはぴかぴかに輝いていた鎧には、〈バーニングプレーンズの戦い〉であびた血がまだこびりついていた。血糊がかわき、汗がしみこんだまま、手入れもせず放っておいたせいで、鎖の輪がさびている。それでも、出発前に修理はしてあるので、鎖帷子に裂け目は見られない。

革で裏うちされた鎖帷子のシャツを身につけると、そこに染みついた死と絶望のにおいがして、エラゴンは鼻にシワをよせた。象嵌細工の腕甲とすね当てをつけ、頭には厚みのある武装用の帽子、鎖の頭巾、鉄兜をかぶった。〈ファーザン・ドゥアーの戦い〉のときにかぶった、ドワーフのダーグライムスト・インジータムの紋章が頂に彫られた兜は、サフィラとソーンの空中戦のとき、盾といっしょになくしてしまった。エラゴンは最後に、鎖帷子の手袋をはめた。

ローランも同様に武装し、木製の盾をもっていた。軟鉄線をまいた盾は、敵の刃をがっちりと受けとめるようになっている。エラゴンは盾をもたず、左手を自由な状態にしてある――サンザシの杖は、両手でなければうまくあつかえないのだ。

エラゴンは、イズランザディ女王からもらった矢筒を背負い、なかにハイイロガンの羽根のついた重いオークの矢二十本と、女王がイチイの木に歌ってつくりあげた銀の弓を入れた。浮き彫り模様のほどこされた弓には弦が張られ、いつでも使える状態になっている。

サフィラが足の下の土をこねた。〈さあ、出発しよう!〉

荷物の袋はネズの木の枝にぶらさげ、エラゴンとローランはサフィラの背中にまたがった。サフィラは鞍をつけたまま寝たので、準備によけいな時間をとられることはなかった。サフィラの体に張りついた鞍はあたたかく、しりの下で熱いぐらいに感じられた。エラゴンは急な動きでふりおとされないようサフィラの首の突起をつかみ、ローランは太い腕をエラゴンの腰にまわし、槌をつかんだ。

サフィラが身をかがめてふんばると、足もとの岩が一枚くだけた。目のくらむような速さで一気に峡谷のへりまで飛びあがり、一度バランスをとってから、サフィラは巨大な翼を広げた。空にむかって翼をふりあげると、薄い皮膜が弦をつまびくような音を立てる。垂直に立てた二枚の翼は、まるで半透明の青い帆のようだ。

「そんなにしがみつくなよ」エラゴンがぼやいた。

「ごめん」ローランは腕の力をゆるめた。

サフィラがさらに上昇をはじめ、ふたりはそれ以上話ができなくなった。山頂まで達すると、ビューッと風を切って、さらに空高く舞いあがる。翼をひとふりするごとに、薄く広がる雲の近くへとのぼっていく。

ヘルグラインドにむかうとちゅう、左前方数キロに広大なレオナ湖が見えた。夜明け前の光のなか、湖面からぼんやりとした灰色の霧が、厚い層になって立ちのぼり、まるで水上に魔法の炎がうかんでいるかのようだ。エラゴンのタカのような視力でも、対岸のようすや、その先にあるスパイン山脈の南端もよく見えなかった。子ども時代をすごした山脈を、もうずいぶん目にしていない。

北には、霧をすかして、巨大な町ドラス＝レオナがぼんやり見えた。ひとつだけ確認できる建物は、エラゴンが以前ラーザックにおそわれた大聖堂だ。槍の先のような尖塔が、町にのしかかるようにそびえている。

目まぐるしくすぎていく景色のどこかに、ブロムがラーザックに致命傷を負わされた野営地もあるはずだ。エラゴンはあの日のことや、ギャロウが殺され、農場を破壊されたことを思い出した。わきあがる怒りと悲しみが、ラーザックと立ちむかう勇気や戦意を駆りたてた。
〔エラゴン〕サフィラがよびかけてきた。〔今日はほかの者に考えを読まれないよう、意識をふさぐ必要はないのでしょう？〕
〔ほかの魔術師があらわれなければね〕
地平線から太陽が顔をのぞかせ、黄金の光が扇状に広がった。とりどりに変化する色が、くすんで生気のなかった世界を明るく活気づける。霧は白く輝き、水はあざやかな青に染まり、ドラス＝レオナの町の中心部をかこむ泥塀は、黄ばんだ側面をあらわにし、木々は濃淡さまざまな緑色の外套をまとい、大地は赤とオレンジに色づいた。だが、ヘルグラインドだけは、いつもと変わらぬ姿——黒一色だ。
近づくにつれ、岩山はみるみる大きくなった。空から見おろしても、威圧感がある。
ヘルグラインドのふもとへ滑空しながら、サフィラは左に大きく翼をかたむけた。革ひもで鞍に足を固定していなければ、エラゴンとローランはふりおとされそうだ。扇形に広がる石山をぐるりとまわり、ヘルグラインドの司祭が儀式をながめていた祭壇の上を通過した。兜のすきまから入った風がものすごいうなりをあげる。

「どうだ？」ローランがさけんだ。前が見えないのだ。

「奴隷たちはいなくなってる！」

サフィラが下降をやめ、ラーザックの根城の入り口をさがすため、ヘルグラインドの周囲をぐるぐるまわりながら上昇をはじめた。

エラゴンは大きな重力で鞍におしつけられるように感じた。

〔モリネズミ一匹入れる穴もなさそう〕サフィラはスピードを落とし、四本のうち二番目に高い塔といちばん高い塔をつなぐ棟の前でとまった。ぎざぎざの壁のせいで、サフィラが翼をふりおろすたびにバリバリと雷鳴のような音がひびく。激しくふきつける風で、エラゴンの目に涙がにじんできた。

壁や柱のところどころに裂け目が走り、白い霜が張っている以外、陰鬱なヘルグラインドの黒々とした壁をじゃまするものはない。そびえたつ石のあいだに木々は育たず、低木も草も、地衣類すら生えていない。くずれかけた塔には、ワシも巣をつくろうとはしない。その名のとおり、ヘルグラインドは〝死の門〟だ。地上につきだす亡霊のごとく、そびえる壁と裂け目からなる、険しい外套をまとって立ちはだかっていた。

エラゴンは意識をのばし、きのう確認したふたりの気配をヘルグラインドのなかに見つけた。しかし奴隷たちの気配はなく、気がかりなことに、ラーザックやレザルブラカの意識も見つからない。〔ここにいないとしたら、どこにいるんだ？〕もう一度捜索をこころみると、これまで見のがしていたものに気づいた。十五メートルほど前方の、かたい岩でできているはずの壁に、リンドウの花が一輪咲いていた。〔どうやって光を得て、生きてるんだろう？〕

サフィラが数メートル右のくずれかけた張り出しにとまったとき、その疑問がとけた。とまろうとしたとき、サフィラは一瞬バランスをくずし思わず翼を広げた。すると、翼の先が、岩壁をこするかわりに、岩をつきとおしたのだ。

〔サフィラ、いまのを見たか！〕

〔見た〕

サフィラは前のめりになり、鼻先を切りたった岩に近づけた。サフィラの顔は、鱗一枚ずつ壁のなかへ入っていく。エラゴンにはその首と胴体と翼しか見えなくなった。

〔魔術だ！〕サフィラがさけび、思いきって壁のなかに身を投げた。
せまりくる岩の壁に、エラゴンは顔を守りたい衝動をかろうじておさえた。
次の瞬間、一行はあたたかい朝の光で満たされた、アーチ天井の洞窟に入ってい
た。サフィラの鱗が光をあび、岩肌に青いきらめきが映る。ふりかえると、そこに壁
はなく、洞窟の入り口と外の景色が広がっている。
エラゴンはくやしがった。まさかガルバトリックスが、ラーザックの棲みかを魔法
でかくしているとは！　もっと利口にならなければ。相手をみくびれば、全員、生き
て帰れない。
ローランはぶつぶつと毒づいた。「こんどああいうことをするときは、前もって警
告してくれよ」
エラゴンは前かがみになって、あたりを警戒しながら、鞍から足をはずした。
洞窟の入り口はゆがんだ楕円形で、高さ十五メートル、幅十八メートルほどある。
入り口から内部へ倍の大きさにふくらみ、三百メートルほど先の、不安定な角度で積
みあげられた分厚い石板の壁で終わっている。
床のあちこちにこすりとられたようなあとがある。レザルブラカが何度もそこから

飛びたち、着陸し、歩きまわった証拠だ。洞窟の横には、謎めいた鍵穴のように、五つのトンネルが小さく口をあけ、ほかにサフィラも通れるほど大きな、天井がとがったアーチ形になった通路もある。

エラゴンは慎重にトンネルを観察したが、なかは真っ暗でからっぽのようだ。意識をすばやくのばしてみる。巨大な巣窟の奥には、奇妙なざわめきがあり、闇のなかを得体の知れないなにかが這いまわる姿や、とめどなくしたたり落ちる水を感じる。がらんとした洞窟にサフィラの規則的な息づかいがうるさいぐらいにひびく。だが、この洞窟のいちばんの特徴は、においだった。冷たい石のにおいが圧倒的に強いが、そこに湿気とカビのにおいと、さらに肉が腐ったような強烈な悪臭がひそんでいる。

最後の革ひもをはずしおえると、エラゴンはサフィラの背骨をまたぎ、横ずわりになってから飛びおりた。ローランも反対方向で同じことをする。

手を放そうとしたとき、耳をくすぐるざわめきにまぎれて、カチカチッという音が続けざまにひびいた。何本もの金槌で岩を打ったような音だ。一拍おいて、同じ音がふたたび聞こえた。

エラゴンもサフィラもすぐに、音のする方向を見た。

先がとがったアーチの通路から、体のねじくれた巨大な生物が飛びだしてきた。ぎょろりとした真っ黒な目、二メートルもある長いくちばし、コウモリの羽、毛のない胴体で波うつ筋肉、鉄釘のような鉤爪。

サフィラはレザルブラカをよけようとしたが、まにあわなかった。怪物はサフィラの右のわき腹にぶちあたり、エラゴンはドンッとなだれにのみこまれたような衝撃を受けた。

次になにが起きたのか、よくわからなかった。エラゴンはいきなり宙に投げだされ、かたく平らなものが背中に当たったかと思うと、地面に落ちて頭を二度打った。

落下の衝撃で、肺の空気がすっかり吐きだされた。エラゴンはぼうっとしたまま、体を丸め、なんとか手足を動かそうとあえいだ。

「エラゴン！」サフィラがさけぶ。

気づかうその声に、エラゴンは元気づけられた。腕と足に力がもどると、手をのばし、そばに転がったサンザシの杖をつかんだ。杖を地面の亀裂にさしこみ体重をかけて立ちあがる。体がふらふらした。目の前で、深紅の火花が踊っている。

どこへ目をむければいいのか、とっさにわからなかった。

サフィラとレザルブラカが洞窟内を転がりながら、岩をくだくほど激しく、けりあい、ひっかきあい、かみつきあっている。すさまじい騒音がしているはずなのに音が聞こえない——耳がおかしくなっていたのだ。それでも、巨大な獣が相手をふみつぶすいきおいでのたうちまわる振動は、地面から伝わってくる。

サフィラの口から青い炎がふきだし、レザルブラカの側頭部におしよせた。炎はレザルブラカに火傷を負わせることなく、よけるように曲がった。怪物はくちばしでしつこくサフィラの首をつついてくる。

二匹目のレザルブラカが、矢のような速さでアーチの通路から飛びだし、サフィラのわき腹におそいかかった。長いくちばしを開き、身の毛もよだつような金切り声をあげる。エラゴンは頭皮がちくちくして、胃が恐怖でちぢんだ。不快感でうめく自分の声が、いまはちゃんと聞こえる。

二匹のレザルブラカがそろったことで、いまや洞窟には耐えがたい悪臭が立ちこめていた。夏のさなか、腐った肉のかたまりを汚水樽(おすいだる)に一週間つけておいたようなにおいだ。

エラゴンは胃の腑がせりあがるのを感じ、口をとじ、注意をほかにむけて、吐き気をこらえた。

ローランは数歩先で、不自然なかっこうでたおれている。エラゴンが見ているあいだに、従兄は手をついて立ちあがった。目はうつろで、酔っぱらいのように体がふらついている。

ローランの背後のトンネルから、ふたりのラーザックが姿をあらわした。その異形の手には、古代のものらしい青白い長剣がにぎられている。ラーザックは大きさや形は人間に似ている。いまもまた黒マントとフードをまとっていて、じっさいの姿はほとんど見えないが、頭からつま先まで真っ黒な外骨格で包まれている。

ラーザックはおどろくほどの速さで飛びだし、虫のようにすばしこく動いている。

それでもまだ、エラゴンにはラーザックとレザルブラカの意識が感じとれなかった。こいつらも魔法でつくられた幻覚なのか？　いや、そんなはずはない。サフィラが鉤爪で引きさいた肉体は、どう見ても生身のものだった。連中の意識を感知するのは不可能なのか？　クモがハエから姿をかくすように、ラーザックは獲物である人間の意識から身をかくせるのか？　それが事実なら、みずから魔法が使えなくても、ライダーや魔術師を追いつめることができることも説明がつく。

クソッ！　ありったけののしり言葉を吐きたいところだが、行動あるのみ。「昼間のラーザックは恐るるに足らない」とブロムがいっていた。ラーザックに対抗する呪文を何十年も考えつづけたブロムがいうのだから、まちがいない。なんとか不意打ちを食らわせなければ、カトリーナを救いだすどころか、自分もサフィラもローランも生きては帰れない。

エラゴンは右手をふりあげてさけんだ。「ブリジンガー！」ごうごうと燃える火の玉をラーザックめがけて投げつける。

ラーザックはひらりと身をかわし、火の玉は岩の床に当たってはじけ、くすぶって消滅した。レザルブラカ同様、ラーザックもガルバトリックスの呪文で防御されているなら、いまのは子どもだましの魔法で、敵になんのダメージもあたえられない。それでも、エラゴンはじゅうぶん満足だった。ラーザックの気をそらしたすきに、ダッシュでローランに駆けより、従兄と背中あわせに立った。

「ちょっとだけ、やつらを食いとめておいてくれ！」ローランに聞こえるようにと願って、エラゴンはさけんだ。ローランはエラゴンの意図を理解し、盾と槌をかまえて戦闘態勢に入った。

二匹のレザルブラカの圧倒的な力で、エラゴンがサフィラに張ったバリアはすでにやぶられていた。レザルブラカは、バリアのなくなったサフィラのももに、浅く長いかき傷を何本もつくり、くちばしを三度つきさしていた。くちばしにやられた傷のほうが小さいが深く、サフィラにかなりの苦痛をあたえている。

お返しに、サフィラは一匹のあばらを裂き、もう一匹のしっぽの先一メートルを食いちぎった。おどろいたことに、レザルブラカの血は金属的なつやのある青緑色で、銅にふく緑青の色に似ている。

レザルブラカはサフィラのまわりをぐるぐるまわり、ときどき突きをくりだして動きをはばみながらサフィラの疲れを待って、くちばしで息の根をとめるチャンスをうかがっている。

サフィラの鱗(うろこ)はレザルブラカの灰色の皮膚よりじょうぶでかたく、牙はレザルブラカのくちばしよりずっと強く、接近戦で威力を発揮する。だが、レザルブラカよりずっと戦いむきの体につくられているとしても、一度に二匹の攻撃をかわすのはむずかしかった。ことに、天井があるせいで、自由に飛びはねることができず、せっかくの強みを生かすことができない。レザルブラカを殺す前に、サフィラが手足をもぎとられてしまうかもしれない。

エラゴンは短く息をすい、オロミスに教わった十二の死の言葉をすべてふくむ呪文をとなえた。ガルバトリックスのバリアにはねかえされたとき、魔法の流れをたちきれるように、呪文はとちゅうまでにしておく。そうしなければ、魔法に力がすいとられて死にいたることもある。

予防策をとっておいて正解だった。魔法を放ちかけたとき、すぐにそれがレザルブラカになんの効果もないことに気づき、攻撃をやめた。昔ながらの死の言葉が効くと、期待していたわけではない。ただ、万が一ガルバトリックスがうっかりわすれた場合にそなえ、ためしてみたかったのだ。

背後でローランがさけんだ。「やあっ！」

剣が盾にぶつかる重い音、鎖帷子（くさりかたびら）がチャリチャリと波うつ音、剣がローランの兜（かぶと）をたたく鐘のような音がひびいた。

エラゴンは聴力がもどってきていることに気がついた。

ラーザックは執拗（しつよう）に攻めているが、どんなにすばやく剣をふっても、刃はローランの武器をかすめ、きわどいところで顔や手足をはずれていた。ローランは反撃に出るほど俊敏ではないが、ラーザックもローランに傷を負わせることができない。いらだたしげにシューッと音を発しながら、ぶつぶつと悪態をついている。かたいあごのせいで言葉がこもって、なおさらおぞましげに聞こえる。

　エラゴンは笑みをもらした。ローランに張っておいた魔法の繭(まゆ)はちゃんと役目を果たしている。レザルブラカをたおす方法を見つけるまで、その見えない網がもちこたえてくれることを願うしかない。

　二匹のレザルブラカがそろって奇声をあげ、周囲のすべてがふるえだし、灰色になった。エラゴンは一瞬、動けなくなったが、すぐに気力をとりもどした。犬のようにぶるぶると体をふるわせ、レザルブラカのさけび声のもつ恐るべき効力をふりはらう。その音はほんのすこしだけ、ふたりの子どもがあげる苦痛の悲鳴を連想させた。

　エラゴンは発音をまちがえないよう、精いっぱいの速さで古代語をとなえた。一瞬で死にいたる力をもち、死に方がそれぞれちがう、複数の言葉を一語ずつ使う。

　エラゴンが即興の呪文をとなえるあいだにも、サフィラは新たに左のわき腹を切りつけられた。報復として、サフィラは相手の翼の皮膜を鉤爪(かぎづめ)でずたずたに切りさいた。

うしろでは、ラーザックが稲妻のような速さでローランを攻撃し、エラゴンの背中にも重い衝撃が何度も伝わってきた。大きいほうのラーザックは、うしろからエラゴンのほうへまわりこもうとしている。

鉄と鉄、鉄と木、鉤爪と石がぶつかる音、剣が鎖帷子を切りさく音に続き、ザシュッという音が聞こえた。ローランが悲鳴をあげ、エラゴンの右のふくらはぎに血が飛んでくる。エラゴンの目のはしに、背中の丸い怪物が、柳葉のような剣をふりあげ、走ってくるのが見えた。まわりの世界がその細い切っ先一点に、収縮したかのようだ。剣先が水晶のかけらのようにきらめき、夜明けの洞窟内にまばゆい水銀色の光のすじが走る。

もはや呪文ひと言分の時間しかなかった。あとは腎臓と肝臓のあいだにせまるラーザックの切っ先を、とめることに専念しなければ。エラゴンはレザルブラカを直接痛めつけるのはあきらめ、やぶれかぶれでさけんだ。「ガージラー・レッタ！（光よ、とまれ）」

あわてて組みあわせた荒けずりな呪文だが、効果はあった。翼をケガしたレザルブラカのぎょろりとした目玉は、丸くふくらんだ鏡と化した。瞳孔に入るはずの光が、エラゴンの魔法で眼球の表面に反射しているのだ。目が見えなくなったレザルブラカは、よろめきながらもサフィラを攻めようとするが、ふりまわす手はむなしく空を切るばかりだ。

エラゴンは両手でサンザシの杖をひねり、あばらの手前数センチのところでラーザックの剣を、横へはらった。

ラーザックはエラゴンの前に立ち、首をつきだしてきた。フードのなかから太く短いくちばしがあらわれ、ぎょっとする。くちばしはエラゴンの右目すれすれのところで、パチンととじた。とげのある紫の舌が頭のないヘビのようにのたくるのを、エラゴンはどこか超然とした目で観察した。

エラゴンは杖の真ん中を両手でつかみ、ラーザックのみぞおちに打ちつけた。

怪物は数メートルうしろへ飛んで、四つんばいにたおれた。

エラゴンはくるりとまわってローランの前に出た。ローランは左半身を血に染め、もうひとりのラーザックの剣をかわしている。エラゴンはフェイントをかけつつ敵の刃をはらい、杖の下半分をふりあげ、のどもとにせまる剣先をかわした。すかさず前へつきすすみ、怪物の腹に杖をつきさした。

ザーロックさえあれば、そのままラーザックを殺せただろう。だが、体内でなにかくだけたような音を立て、ラーザックは洞窟の床を十メートルほど転がっていった。でこぼこした岩の床に青い血のシミを残しただけで、怪物はすぐさま立ちあがった。

剣がほしい！　エラゴンは思った。

ふたりのラーザックが同時に飛びかかってくるのを見て、エラゴンは足を広げてふんばった。ダブルの攻撃を真っ向から受けとめるほかない。死肉を食らうカラスの化け物どもからローランを守るのは、自分しかいないのだ。エラゴンはレザルブラカに効き目のあった呪文をとなえかけたが、言葉になる前に、上と下からラーザックが剣で切りつけてきた。

剣はにぶい音を立て、杖に当たってはじかれた。魔法のかかった杖はへこみも、キズつきもしない。

左、右、上、下。エラゴンは頭で考えなかった。めまぐるしい攻撃に体が反応した。複数の敵を相手にするのに、杖は理想的な武器だった。両端を交互に出して攻撃と防御をくりかえし、ときには両端をいっぺんに使える。いまエラゴンは杖の利点を最大限に生かしていた。息が切れ、呼吸が浅く速くなってきた。ひたいから汗が落ちて目じりにたまり、背中や腕がじっとり汗ばむ。視界は赤いかすみがかかり、心臓はズキズキ脈打って発作を起こしそうだ。

こんなふうに戦っているときほど、生や恐怖感を、強く実感することはない。

エラゴン自身のバリアも弱まっていた。サフィラとローランにばかり注意をむけていたからだ。自分にかけていた防御はほどなく消え、小さいほうのラーザックに左ひざの外側を切りつけられた。命にかかわるような傷ではないが、深手にはちがいなく、左足で体重をささえられなくなった。

エラゴンは杖の先をにぎって棍棒のようにラーザックの脳天にふりおろした。ラーザックはくずれおちたが、死んだのか意識を失っただけなのかわからない。もうひとりのラーザックの腕と肩を連打しながら、いきなり杖をひねって、相手の剣をたたきおとした。

とどめをさそうとしたとき、目の見えない、ぼろぼろの翼のレザルブラカが、洞窟を横ぎってふっとび、壁に激突して、天井から石の雨をふらせた。その音と光景のすさまじさに、エラゴンもローランもラーザックも反射的にふりかえった。

サフィラは、自分がけりとばしたレザルブラカに飛びかかり、怪物のすじばった首のうしろに牙をしずめた。レザルブラカは最後の力をふりしぼってのがれようともがくが、サフィラは首をぶるんぶるんとふって、怪物の脊椎をへし折った。血まみれの死骸から身をはなし、サフィラは洞窟じゅうに勝利の咆哮(ほうこう)をとどろかせた。

残されたレザルブラカはためらわなかった。サフィラに突進し、鱗(うろこ)のすきまに鉤爪(かぎづめ)をつきさして転倒させた。サフィラとレザルブラカはからみあったまま入り口のほうへ転がり、そろって視界から消えた。敵ながら、あっぱれな戦術だった。レザルブラカはエラゴンの意識のとどかないところ、つまり呪文の効かないところへ逃げる気なのだ。

〔サフィラ!〕エラゴンはさけんだ。

〔自分の心配をなさい。こいつはぜったい逃がさないから〕

ハッとしてふりかえったとき、小さいラーザックが大きい相棒をささえ、トンネルへ消えるのがかろうじて見えた。エラゴンは目をとじ、巣窟に意識をのばして、カトリーナの位置をさぐり、古代語を一気にとなえた。「カトリーナの監禁されている部屋を封印したから、ラーザックはもうカトリーナを人質にできないよ」エラゴンは口ーランにいった。「その扉をあけられるのは、ぼくとおまえだけだ」

「よし」ローランは食いしばった歯のすきまからいった。「こいつをなんとかできないか?」右手でおさえた傷をあごでしめす。指のあいだから血があふれでている。

エラゴンは傷を調べた。

傷口に手がふれたとたん、ローランはびくりと身を引いた。

「運がよかった」エラゴンはいった。「剣は肋骨に当たってる」片手を傷口に置き、もう片方の手を、腰にまいた賢者ビロスのベルトに当て、十二個のダイヤモンドからエネルギーをすいあげる。「ヴァイサ・ヘイル!（傷よ、なおれ）」ローランの左半身にさざ波が走り、魔法の力で皮膚は縫合され、すじはもとどおりにくっついた。

次にエラゴンは、自分の左ひざの深い創傷をなおした。

それがすむと、立ちあがって、サフィラが去った方向に目をむけた。ふたりのあいだの接触は消えかかっていた。サフィラはレザルブラカを追ってレオナ湖に飛んだのだ。助けに行きたいのはやまやまだが、いましばらくは自力でなんとかしてもらうしかない。

「急ごう」ローランがいった。「逃げられちまう!」

「ああ」

エラゴンは杖(つえ)をつかみ、暗いトンネルに入り、隆起した石のひとつひとつに視線を走らせた。裏から、いつラーザックが飛びだしてくるかわからない。足音がひびかぬようゆっくりと、曲がりくねったトンネルを歩きだす。バランスをくずして岩に手をついたとき、その手にべったり壁のヘドロがこびりついた。

折れまがった道を二十メートルほど進むと、洞窟の入り口はすっかり見えなくなった。真っ暗でさすがのエラゴンも視界が利かない。

「おまえはだいじょうぶだろうが、おれは暗闇じゃ戦えないよ」ローランはささやいた。

「明かりをともしたら、ラーザックがよってこない。やつらにどんな魔法を使えばいいか、こっちはもうわかったんだからな。きっとぼくらがいなくなるまでかくれてる気だぞ。でも、この機会に、どうしてもやつらを殺してしまわないと」

「おれはなにをすればいい？　あの二匹の甲虫を見つけるどころか、壁にぶつかって鼻の骨を折るのがオチだ……背後からしのびよって、背中にブスッとくるかもしれんぞ」

「シーッ……ぼくのベルトにつかまってついてきて。いつでも身をかわせるようにしておけよ」

エラゴンは目が見えないが、聞くことも、かぐことも、ふれることも、味わうこともできる。それらの感覚がとぎすまされているおかげで、そばにあるものをかなり正確に予測できた。いちばん危険なのは、はなれたところから弓矢などを放たれることだが、飛んでくるものから自分とローランの身を守るだけの反射神経はあるはずだ。

空気の流れが肌をくすぐり、外からの圧力の強さにあわせて、とまったり逆向きに流れたりしている。その循環は不規則にくりかえされ、目に見えない風が、激しく渦まく泉のように肌をかすめていくのがわかる。

エラゴンとローランの息づかいは、トンネルを伝ってくるさまざまな雑音に負けず、耳ざわりでうるさく聞こえた。激しい呼吸音にかぶさるように、チリン、カチン、カタンと音がする。入りくんだトンネルのどこかで石が落ちる音だ。ピチャン……ピチャン……ピチャン……結露した水が、地下の水たまりの太鼓のような水面を、規則正しく打っている。足もとでは、豆粒のような砂利がブーツにふみしめられる音もする。前方の遠くから、長くふるえるような不気味なうめき声もひびいてきた。
　においにかんしては、とくに変化はない――汗と血と湿気とカビのにおいだ。
　エラゴンはすこしずつ歩を進め、ヘルグラインドの深部へもぐっていった。トンネルは下にむかっており、迷路のように入りくんでいる。カトリーナの意識を目印にできなければ、たちまち道にまよっていただろう。でこぼこしたトンネルはどこも天井が低くてせま苦しい。エラゴンは一度だけ、天井に頭をぶつけ、閉所の恐怖におそわれそうになった。
〔ただいま〕サフィラの声が聞こえ、エラゴンはごつごつした岩の階段に足をのせようとして、立ちどまった。サフィラは新たなケガを負っていないようだ。エラゴンは安堵した。
〔レザルブラカは？〕
〔レオナ湖にあおむけになってうかんでる。戦っているところを漁師に見られたようだ。最後に見たとき、漁師たちはドラス＝レオナにむかって舟をこいでいった〕
〔しかたないな。サフィラ、レザルブラカがいたトンネルをさぐってみてくれないか。ラーザックの動きにも注意して。こっそりあの入り口から逃げだすかもしれない

から〕

〔地上にも、抜け道があるかもしれない〕

〔その可能性もあるけど、まだそこまで行ってないはずだ〕

一時間も闇のなかに囚われているかのように感じながら──じっさいには、十分か十五分たらずだが──、トンネルを三十メートル以上おりつづけたころ、エラゴンは平たい石の上で立ちどまった。〔カトリーナの独房は、ここからまっすぐ十五メートル進んだ右手にある〕エラゴンはローランに思考で伝えた。

〔ラーザックがひそんでいるうちは、カトリーナを連れだす危険はおかせない〕

〔ぼくたちがカトリーナを連れだすまで、やつらは姿を見せないかもしれないぞ。どういうわけか、ぼくにはラーザックの意識が感じとれない。だから、やつらはぼくから永久にかくれていることもできるんだ。このままだらだらと待ちつづけるか、チャンスがあるうちにカトリーナを救いだすか？　バリアを張れば、たいていの攻撃から彼女を守ることはできる〕

ローランは一瞬だまりこんだ。〔よし、助けに行こう〕

せまく足場の悪い通路を手さぐりしながら、ふたりはまた進みだした。転ばないように、エラゴンは足もとにばかり神経を使わなければならなかった。

そのせいで、衣ずれのような音と、ブーンというかすかなうなりを、あやうく聞きのがすところだった。

エラゴンはローランを壁におしやり、さっと身を引いた。と、顔の横を、なにかがきりもみ状に飛びすさり、右頬の肉をえぐっていった。焼けつくように痛い。

「クヴェイクヴァ！（光よ輝け）」エラゴンはさけんだ。

真昼の太陽のように明るい赤い光がぱっと輝いた。光源のない魔法の光は、あたりを影ひとつなく均一に照らしだし、すべてが立体感を失って見えた。

とつぜんの強い光輝はエラゴンの目をくらませたが、目の前にいるラーザックのかたわれにはそれ以上の効果を発揮していた——ラーザックは弓をとりおとし、フードにかくれた顔をおおい、するどい悲鳴をあげた。

同じような金切り声がもうひとつ聞こえ、もうひとりのラーザックが背後にいることがわかった。

「ローラン！」

エラゴンがふりかえると、ローランが槌を高くふりかざし、そのラーザックに突進していくところだ。

方向感覚を失ったラーザックはふらふらとあとずさりしたがまにあわず、ローランの槌がふりおろされた。

「父さんの仇！」ローランはさけんだ。そして、もう一度槌をふりおろした。「家と農場の仇！」ローランはすでに息絶えたラーザックに、さらに槌をたたきつけた。「カーヴァホールの仇！」最後の一撃は、ラーザックの背中をかわいたヒョウタンのように打ちくだいた。ルビー色の冷たい光のなか、広がっていく血だまりは紫色に見えた。

エラゴンはむかいくる矢や刃をはじきとばすため、杖をくるくるまわしながら、最初のラーザックにむきなおった。が、目の前のトンネルはもぬけのからだ。エラゴンは毒づいた。

エラゴンは、地面にぶざまに横たわるラーザックにつかつかと歩みよった。杖を頭上にふりあげ、ズシンと大きな音をひびかせて、死骸の胸にたたきつける。

「このときが来るのを、ずっと待ってた」エラゴンはいった。

「おれもだ」

ふたりは見つめあった。

「うっ！」激しい痛みを感じ、エラゴンは悲鳴をあげて頬をおさえた。

「傷口から泡がふきだしてるぞ！」ローランがさけんだ。「なんとかしないと！」

矢じりにシーザー油がぬりつけられていたにちがいない、とエラゴンは思った。修行を思い出し、傷口とまわりの組織を魔法で洗浄し、顔の破損を修復した。口をあけたりしめたりして、筋肉がちゃんと働いているかたしかめると、エラゴンは不敵な笑いをうかべていった。「魔法がなかったら、ぼくたちはいまごろどんなありさまになっていただろうな」

「魔法がなかったら、そもそもガルバトリックスに苦しめられることもなかったはずだ」

〈おしゃべりはあと〉サフィラがいった。〈あの漁師たちがドラス＝レオナに着いたとたん、町にひそむ帝国の魔術師を通じて、わたしたちのことがあっというまにガルバトリックスの耳に入る。わたしたちがいるあいだに、ここのようすが透視されるとまずい〉

〈たしかにそうだ〉あたりをこうこうと照らす赤い光を消し、エラゴンは「ブリジンガー・ラウダ（赤き炎よ）」ととなえ、ゆうべと同じ赤くおぼろな光をうかびあがらせた。だがこんどのは、エラゴンのあとをついてくるのではなく、天井から十五センチほどのところにとどまっている。

トンネルのなかがよく見えるようになると、石の壁のところどころに――ときには通路の両側に――鉄の扉があることに気がついた。

エラゴンは二十ほどある扉のひとつを指さした。「右側の九番目の扉だ。カトリーナを助けだしてくれ。ぼくはほかの牢を調べてみる。ラーザックがなにか残しているかもしれない」

ローランはうなずくと、しゃがみこんで地面に転がる死体をさぐった。カギが見つからず、肩をすくめる。「強行突破だな」ローランは目的の扉へ走り、盾を放りだして、槌で蝶番をたたきはじめた。トンネルにものすごい衝撃音がひびきわたる。

エラゴンは手伝おうとはしなかった。ローランはいま、力を借りることを喜ばないだろうし、自分にはほかにすることがある。エラゴンは最初の牢獄にむかって三つの単語をささやき、カチリといってカギがはずれると、扉をおしあけた。

せまい部屋のなかには、黒い鎖と朽ちかけた骨の山しかない。この悲しい惨状はエラゴンの予想どおりだった――自分のさがしものがどの牢にあるのか、もうわかっているが、ローランに疑念をいだかせないために、さりげなく捜索を続けた。

エラゴンは、さらにふたつの扉をあけてはとじた。四つめの牢獄の扉をおしあけると、ぼんやりとした魔法の光のなかに、エラゴンが見つけたくなかった男、スローンの姿がうかびあがった。

04

分かれ道

スローンは両手を頭上の鉄輪につながれ、左手の壁にぐったりもたれてすわってい
た。

ぼろぼろの服は、スローンのやせ細った体にわずかに残っているだけだ。すけるように白い皮膚の下に、骨の節がくっきり見えている。静脈も青くうきあがっている。手かせがこすれて手首が赤く膿み、傷口から透明の粘液と血がまじったものがにじみ出ている。残っている髪は白くなり、脂じみた縄のようにあばたづらにだらりとたれている。

ローランの立てる槌の音に反応して、スローンは光のほうへあごをあげ、ふるえる声でいった。「だれだ？　そこにいるのはだれなんだ？」顔にかかる髪が左右に分かれ、深く落ちくぼんだ眼窩が見えた。まぶたがあるべきところはいまや、むきだしの

穴で、裂けた皮膚がぺらぺらとたれている。まわりは、アザやかさぶたでおおわれている。

ラーザックがスローンの両目をくちばしでえぐりとったのだ。エラゴンは衝撃とともに気づいた。

スローンをどうすればいいのか、エラゴンはすぐには決められなかった。エラゴンがサフィラの卵を見つけたことをラーザックに話したのは、スローンだ。さらに、見張りに立っていたバードを殺し、カーヴァホールを帝国に売りわたしたのも。村人たちの前に引きだせば、まちがいなくしばり首だ。

スローンが死をもって罪を償うことこそ、唯一正しいことだ。エラゴンがまよいを感じているのは、それとは別のことだった。

ローランはカトリーナを愛している。スローンがなにをしたにせよ、カトリーナは父親にそれなりの愛情を抱いているはずだ。スローンが裁きを受け、公の前で絞首刑にされるのを見るのは、カトリーナにとっても、ローランにとってもつらいことだろう。そうした苦難がふたりのあいだに悪感情をもたらし、婚約解消にまでいたりかねない。

どちらにしろ、スローンを連れかえれば、自分とローラン、カトリーナ、さらにほかの村人たちのあいだに不和の種をまき、帝国との戦いに支障をきたすほどの怒りを生むことになる。

いちばんかんたんな解決法は、スローンを殺し、見つけたときには牢獄で死んでいたということだ……エラゴンのくちびるがふるえ、死の言葉のひとつが舌の上に重々しくのしかかった。

「なにが目的だ？」スローンは相手の位置を音でたしかめようとするように、頭を左右に動かした。「知ってることはもう全部話したぞ！」

エラゴンは躊躇する自分をののしった。スローンに罪があることははっきりしている——殺人者で裏切り者だ。法をつかさどる者ならだれもがスローンに死刑を宣告するはずだ。

しかし、いくら自分を納得させようとしても、体を折って目の前にいるスローンは、幼いころからずっと知っている男だ。卑劣な男かもしれないが、共有する思い出や経験があまりに多く、それがエラゴンを苦しめた。スローンを殺すことは、ホーストやロリングや、カーヴァホールの大人たちに手をあげるのと同じようなものだった。

エラゴンはふたたび、死をもたらす言葉をささやこうとした。

ひとつの映像が心の目に映しだされた——エラゴンとマータグがファーザン・ドゥアーをめざして旅しているとき、土ぼこりの立つ地面に奴隷商人のトルケンブランドがひざをつき、マータグが歩みよってその首を切りおとす——エラゴンは自分がマータグの行為に反発し、数日にわたって、そのことで悩みつづけたことを思い出した。

エラゴンは自問した。ぼくはそんなにも変わってしまったのだろうか？　マータグと同じことができるほどに？　ローランがいったとおり、ぼくは人を殺してきたが、それは戦いのなかでだけだ……いまの状況は、それとはわけがちがう。

肩ごしにふりかえると、ローランはカトリーナの牢獄の扉の蝶番をたたきこわしたところだった。槌を放し、体当たりで扉をつきやぶろうとしたが、考えなおしたのか、扉をもちあげてはずそうとしている。扉はわずかにもちあがっただけで、ローランの手のなかでぐらぐらしている。「手を貸してくれ！」ローランはさけんだ。「扉でカトリーナがつぶれたら大変だ」

エラゴンは無残な姿のスローンをふりかえった。これ以上、まよっている時間はない。選択しなければ。どうにかして、決断しなければ……。

「エラゴン！」

なにが正しいのかぼくにはわからない。エラゴンはそう気づいた。まよっているということは、スローンを殺すことも、ヴァーデンのもとに連れていくことも、どちらもまちがいだということだろう。では、どうする？ そう、もっとおだやかな第三の道を見つけなければ……。

祝福をあたえるかのように片手をあげて、エラゴンはささやいた。「スライサ」手かせがカチャカチャ鳴り、スローンはぐったりして深い眠りに落ちた。呪文の効果をたしかめると、エラゴンはまた牢獄（ろうごく）の扉をしめてカギをかけ、バリアを張りめぐらせた。

〔エラゴン、どうするつもり？〕サフィラがよびかけてきた。

〔合流するまで待っててくれ。そのとき説明するよ〕

〔説明するって、なにを？ 計画もないくせに〕

〔ちょっと時間をくれ、考えるから〕

「あっちにはなにがあった？」エラゴンがむかい側に立つと、ローランはたずねた。

「スローンがいた」エラゴンはふたりのあいだにある扉に手をかけた。「死んでたよ」

ローランは目を見ひらいた。「どうやって？」

「首の骨を折られたみたいだ」

一瞬、エラゴンはローランが信用しないのではないかと不安になった。

だが、ローランは低くうめいていった。「それでよかったのかもな。準備はいいか？ 一、二、三——」

ふたりは力をあわせてがんじょうな扉をもちあげ、外枠からはずして通路に放り投げた。石の床に扉のぶつかる音がひびいた。ローランは待ちかねたように牢獄に駆けこんだ。内部は小さなロウソクの明かりひとつで照らされていた。エラゴンもあとに続いた。

鉄の寝台のすみに、カトリーナがいた。「来ないで！ この歯ぬけの化け物！ わたし——」ローランの姿に気づき、カトリーナはぼうぜんと言葉を切った。日の光に当たっていないせいで青白く、よごれのすじがついてはいるが、その瞬間、おどろきと愛情がいっぱいに広がったカトリーナの顔を見て、エラゴンはこんなに美しい人はめったにいないとさえ感じた。

カトリーナはローランから目をはなさずに立ちあがり、ふるえる手でローランの頬にふれた。

「来てくれたのね」

「来たよ」

ローランは涙まじりの笑い声をあげ、カトリーナを胸に抱きよせた。

ふたりはしばらく、われをわすれてそのまま抱きあっていた。

ローランは身をはなすと、カトリーナのくちびるに三度キスをした。

カトリーナは鼻にシワをよせ、大声でいった。「ひげがのびてる！」この状況でその言葉は、どんな言葉よりも予想外なもので――しかもカトリーナのひどく衝撃を受けたような声がおかしくて――エラゴンは思わずふきだした。

カトリーナはそのとき初めて、エラゴンに気づいたようだ。困惑してまじまじと見つめる。「エラゴン？　あなたなの？」

「そうだよ」

「こいつ、ドラゴンライダーになったんだ」ローランがいった。

「ライダー？　それって……」カトリーナは言葉をつまらせた。意外な事実に圧倒されているようだ。助けを求めるようにローランを見ると、横歩きでじわじわとエラゴンからはなれ、ローランに近づく。ローランにむかってカトリーナはいった。「どうやって……どうやってわたしたちを見つけたの？　ほかにはだれがいっしょにいるの？」

「話は全部あとまわしだ。帝国軍が来る前に、ヘルグラインド脱出しないと」

「待って！　お父さんは？　父を見つけた？」

ローランはエラゴンを見て、またカトリーナに視線をもどし、おだやかにいった。

「手おくれだった」

カトリーナの体にふるえが走った。目をとじると、涙がひとすじ流れおちた。「しかたないわ」

ふたりが話しているあいだも、エラゴンはスローンをどうするか必死に考えていた。サフィラが自分の出す結論に反対するとわかっているから、意識をとじる。エラゴンの頭のなかで計画がまとまりはじめた。突拍子もない計画で、危険に満ちているが、この状況ではこれしかない。

それ以上考えるのはやめ、エラゴンは行動にうつった。短い時間でやらなければならないことがたくさんある。「ジェルダ！（こわれろ）」と、指をつきあげてさけぶ。青い火花と火の粉を散らし、カトリーナの足枷がこわれた。カトリーナはおどろいて飛びあがった。

「魔法……」カトリーナは小声でつぶやいた。

「魔法ってほどでもないさ」エラゴンが手をさしだすと、カトリーナは身をすくめた。「カトリーナ、ガルバトリックスか僕の魔術師がワナをしかけたり、きみに古代語でなにかを誓わせていないか、たしかめておかなきゃならないんだ」

「古代――」

ローランがカトリーナの言葉をさえぎった。「エラゴン！　そんなことはもどってからでもできるだろう。ここから逃げないと」

「いや」エラゴンは腕をさっとふった。「いまやるんだ」

ローランは顔をしかめてわきによけ、エラゴンがカトリーナの肩に手を置くのをゆるした。

「ぼくの目をじっと見て」エラゴンはいった。

カトリーナはうなずいてしたがった。

オロミスに教わった、ほかの魔術師のかけた呪文を見ぬく魔法が、初めて役に立つときが来た。だが、巻物に書かれていた呪文は、かんたんにはうかんでこない。忘れている古代語も多く、同じ意味の言葉で代用することが三度もあったが、なんとか魔法を完成させた。

エラゴンは長い時間をかけて、カトリーナのうるんだ瞳を見つめながら古代語をつぶやき、ときには――本人の許可を得て――記憶をさぐり、手を加えられた形跡がないかたしかめた。ファーザン・ドゥアーに着いたとき、双子が自分の意識に乱暴におし入ってきたのとはちがい、エラゴンはその手順をできるかぎりやさしくおこなった。

ローランはあいた戸口の前で見張っていた。時がすぎるにつれ、ローランは動揺をつのらせているようだ。槌をひねってみたり、曲の拍子をとるように、槌の頭でももをたたいたりしている。

ようやくエラゴンはカトリーナを解放した。「すんだよ」

「なにか見つかったの？」カトリーナはささやいた。不安そうにひたいにシワをよせ、自分の身を抱くようなかっこうで、エラゴンの判定を待っている。

ローランが動きをとめ、牢獄のなかに静寂が満ちた。

「きみ自身の思考しか見えなかった。なんの呪文もかけられてないよ」

「決まってるだろ」うなるようにローランはそういうと、ふたたびカトリーナを抱きしめた。

三人はそろって牢獄を出た。「ブリジンガー・イエト・タウザ（火よ、ついてこい）」通路の天井近くにうかぶ魔法の光にむかってとなえると、輝く球体はエラゴンの頭上までまっすぐ飛んできて、そのまま波にただよう流木のように空中にとどまった。

エラゴンを先頭に、三人は最初に入った洞窟をめざして入りくんだトンネルを急いでもどった。すべりやすい岩の床を小走りに進みながら、エラゴンは生きのこったラーザックに用心すると同時に、カトリーナにバリアを張りめぐらせた。

背後からは、カトリーナとローランが短くかわす言葉が聞こえてくる。「愛してるよ……ホーストもみんなも無事だ……いつだって……きみのために……うん……うん……うん……うん」ふたりの抱く愛情と信頼はあまりにもあからさまで、エラゴンの胸はうらやましさにうずいた。

入り口の洞窟まで十メートルたらずになり、もれてくる光であたりが見えるようになると、エラゴンはすぐに魔法の光を消した。

さらにすこし進んだところで、カトリーナの歩みがおそくなった。トンネルの壁に身をよせて、顔をおおう。「だめ。まぶしすぎる――目が痛い」

ローランはあわててカトリーナの前に立ち、光をさえぎった。「最後に外に出たのは？」

「わからない……」カトリーナの声には狼狽の色がにじんでいた。「わからないわ！ ここに連れてこられてからずっとよ。ローラン、わたしは目が見えなくなるの？」鼻をすすって泣きだした。

カトリーナの涙を見て、エラゴンはおどろいた。かつては毅然とした強い女性だった。だが、何週間も闇にとじこめられ、死ぬ思いをしてきたのだ。

ぼくだってこんな仕打ちにあったら、自分らしくいられなくなる、とエラゴンは思った。

「だいじょうぶだよ。太陽の光に慣れればいいだけさ」ローランはカトリーナの髪をなでた。「ほら、落ちついて。なにも心配することなんかないよ……もう助かったんだ。助かったんだよ、カトリーナ。聞こえてるかい？」

「聞こえてるわ」

エルフにもらったチュニックを台無しにしたくはなかったが、エラゴンは服のすそを細長く切りとり、カトリーナにわたしていった。「これで目をおおうといい。布地を通しても、転んだりぶつかったりしない程度には見えるはずだ」

カトリーナは礼をいって、目かくしをした。

三人が前に進み、血の飛びちった明るい洞窟――レザルブラカの死骸から発せられる有毒ガスのせいで、悪臭が一層ひどくなっている――に入ったまさにそのとき、反対側の尖塔（せんとう）アーチの入り口からサフィラが姿をあらわした。

カトリーナはサフィラを見てハッと息をのみ、ローランの腕をぎゅっとにぎってすがりついた。

エラゴンはいった。「カトリーナ、サフィラを紹介しよう。ぼくはサフィラのライダーなんだ。話しかければ、言葉も理解できるよ」

「偉大なるドラゴンよ、光栄です」カトリーナはなんとかそういうと、ひざを曲げて弱々しくおじぎをした。

サフィラは返事をするように頭をかたむけ、エラゴンとむきあった。〔レザルブラカの巣を調べたけれど、あったのは骨、骨、骨ばかり。いくつかはまだ新鮮な肉のにおいがした。ラーザックはゆうべの奴隷を食べてしまったにちがいない〕
〔助けてやりたかったのに〕
〔わかってる、でもこの戦争で全員を守ることはできない〕
サフィラをしめして、エラゴンはいった。「さあ、サフィラに乗って。ぼくもすぐに乗るから」
カトリーナはためらいながら、ローランを見た。
「だいじょうぶだよ」ローランはうなずいてささやいた。「おれたちはサフィラにここまで連れてきてもらったんだ」
レザルブラカの死骸をよけ、ふたりはいっしょにサフィラに近づいた。
サフィラはふたりが乗りやすいよう身をふせた。
カトリーナはローランが両手でつくった踏み台を足がかりに、鞍からさがるストラップの輪をハシゴのように伝って、サフィラの肩によじのぼった。
そのあとをローランが野性のヤギのようにのぼっていく。

エラゴンは洞窟を歩きながら、サフィラのすり傷や切り傷、裂傷、打ち身、刺し傷の具合をたしかめた。

〔お願い〕サフィラはいった。〔無事脱出するまで、そのことだけに専念して。死ぬような血は出ていない〕

〔そうでもないぞ。自分でもわかってるだろ。内出血してるじゃないか。いま血をとめておかないと、めんどうなことになって、治療もできなくなって、ヴァーデンにもどれなくなるかもしれない。口ごたえはするな。ぼくは治療するって決めたんだ。一分もかからないさ〕

結局、サフィラを健康な姿にもどすのに、数分はかかった。治療の魔法をかけるのに、賢者ビロスのベルトのエネルギーを使いはたし、サフィラの予備の力も引きださなくてはならないほど、ケガの状態はひどかった。大きな傷から小さな傷へうつるごとに、バカな真似はやめて放っておいてくれとサフィラは抗議したが、エラゴンは耳を貸さなかった。

すべて終わると、エラゴンは魔法と戦いでくたくたになってすわりこんだ。サフィラの、レザルブラカのくちばしでさされた場所を指さし、エラゴンはいった。〔アーリアかエルフのだれかに、ぼくのほどこした治療を確認してもらったほうがいい。やるだけやったけど、なにか見おとしてるかもしれない〉

〈わたしを心配してくれるのはありがたいけれど〉サフィラはいいかえした。〈ここは思いやりをしめすのにふさわしい場所ではない。これで終わり。さあ、出発させて！〉

〈ああ。出発の時間だ〉エラゴンはサフィラからはなれて、背後のトンネルのほうへあとずさった。

「早く乗れよ！」ローランがよびかけた。「急げ！」

〈エラゴン！〉サフィラがさけんだ。

エラゴンは首をふった。「いや。ぼくはここに残る」

「なにを――」ローランはいいかけたが、サフィラの獰猛なうなりにさえぎられた。

サフィラは洞窟の壁に尾を打ちつけ、鉤爪で地面を引っかき、骨と石がギーッと苦悶のさけびをあげる。

「聞いてくれ！」エラゴンはさけんだ。「ラーザックをひとり逃がしたままだ。それに、ここになにがあるか考えてみろ。巻物、毒薬、帝国の活動にかかわる情報、ヴァーデン軍に役だつものばかりだ！　ラーザックの卵がかくされてる可能性だってあるんだぞ。だとしたら、ガルバトリックスが回収する前に、処分しておかないと」

サフィラにむかって、エラゴンは意識で伝えた。〔ぼくにはスローンを殺すことはできない。ローランやカトリーナをスローンと会わせるわけにもいかないし、牢獄で飢え死にさせることもガルバトリックスの兵士の手に返すこともできない。悪いけど、スローンのことはぼくひとりで始末をつけたいんだ〕

「それで、どうやって脱出する気だ？」ローランが問いかけた。

「走るよ。知ってのとおり、いまはエルフなみに速く走れるんだからな」

サフィラのしっぽの先がぴくぴく動いた。前足をのばしてくるつもりだ。

エラゴンは飛びのいて、鱗がきらめくサフィラの前足でつかまれる前に、トンネルのなかへ駆けこんだ。

サフィラはトンネルの前で横すべりしてとまり、通路に入れないいらだちに咆哮をあげた。その巨体はトンネルにさしこむ光を、ほとんどさえぎっている。サフィラはトンネルの入り口を鉤爪と歯で引きはがしはじめた。石の壁と床がゆれる。野性のうなりと、人の腕ほどもある牙をむきだし、鼻先をつっこんでくる光景に、エラゴンは思わず身ぶるいした。オオカミが巣穴を掘りすすんでくるあいだ、身をすくめているウサギの気持ちがよくわかる。

「ガンガ！〔行け〕」エラゴンはさけんだ。

〔だめ！〕サフィラは地面に頭をふせ、目をあわれっぽく見ひらいて、悲痛なさけびをあげた。

「ガンガ！　愛してるよ、サフィラ。でも、もう行くんだ」

サフィラはトンネルから数歩あとずさり、エラゴンにむかってネコのように弱々しく鼻を鳴らした。〔小さき友よ……〕

エラゴンはサフィラを悲しませるのも、はなれるのも、たまらなくいやだった——身を引きさかれるようだった。サフィラの悲しみが意識から流れこみ、自分の苦悩とまざりあって、身がすくみそうになる。エラゴンはなんとか気力をふりしぼっていった。「ガンガ！　ぼくのためにもどってきたり、だれかを送りこんだりしないでくれ。ぼくはだいじょうぶだから。ガンガ！　ガンガ！」

サフィラはいらだちに咆哮をあげながらも、しぶしぶ洞窟の入り口へと歩いていった。鞍の上でローランがいった。「なあ、エラゴン、無茶はよせ！　おまえを危険にさらすわけには――」
サフィラが洞窟から飛びたち、ローランの言葉はかきけされた。澄みきった空を背に、サフィラの鱗が、無数の青いダイヤモンドのように輝いている。荘厳な姿だった。サフィラは誇り高く、高貴で、どんな生き物よりも美しいと、エラゴンは思った。シカもライオンも、空を飛ぶドラゴンの威厳にはとてもかなわない。サフィラはいった。〔一週間――それ以上は待たない。一週間がすぎたら、エラゴン、あなたをむかえに来る。たとえソーンやシュルーカン、魔術師千人にじゃまされようと飛んでくる〕
サフィラの姿がだんだん小さくなり、意識にふれられなくなるまで、エラゴンはその場に立ちつくしていた。やがて、鉛のように重い心のまま、背をのばし、太陽と光と生あるものすべてに背をむけて、また暗いトンネルをおりていった。

05 ライダーとラーザック

ヘルグラインドのほぼ中心部に位置する牢獄のならんだ通路で、エラゴンは魔法の赤い光の、熱のない輝きのなかにすわっていた。

古代語をくりかえすたびに、岩でその声が反響した。それは魔法ではなく、ラーザックにむけた言葉だった。「出てこい、人肉喰らいめ、戦いに決着をつけるぞ。おまえは傷を負い、こっちは疲れている。おまえの相棒は死に、こっちもいまはひとりだ。おたがい、条件は同じだ。もう魔法は使わない。前にかけた魔法で、おまえをワナにはめたり傷つけたりしないと約束する。出てこい、人肉喰らいめ、さっさと決着をつけよう……」

時間が果てしなく長く感じられた——いくら要求をくりかえしても、不気味な通路にはなんの変化もなく、そこにひびく言葉も、だんだん無意味に思えてくる。

やがて、頭のなかのざわめきが静まり、みょうにおだやかな気持ちになったころだった。

エラゴンは開きかけた口をとじ、身がまえた。

ほんの十メートルのところに、ラーザックが立っていた。ぼろぼろのマントから、血がしたたり落ちている。「王には、おまえを殺すなと命じられている」ラーザックはシューッという音を立てていった。

「だけど、おまえにはそれももう関係ないんだな」エラゴンはいった。

「そうだ。もしおれがその杖に負けたら、おまえのことは王がどうとでもすればいい。ガルバトリックス王は、おまえより心がある」

エラゴンは笑った。「心だと？　民のことを一心に考えているのはぼくだ。ガルバトリックスではない」

「おろかな若造だ」ラーザックは頭をわずかにかたむけ、トンネルの先のもうひとりのラーザックの死体を見た。「こいつとは同じときに卵から孵った仲だった。シェイドスレイヤー、初めて会ったころより、ずいぶんと強くなったものだな」

「そうでなければ死んでたさ」

「シェイドスレイヤー、ひとつ約束してくれないかね」

「約束？」

「おれは種族の最後のひとり。太古の昔からある種族だ、わすれられたくない。おまえの歌と伝説で、おれたちが人間にあたえた恐怖を思い出させてやってはくれまいか……おれたちを恐怖そのものとして、記憶に残すのだ！」

「どうしてぼくがおまえのために、そんなことをしなきゃならない？」

くちばしを細い胸におしあて、ラーザックはチッチッと舌うちのような音を立てた。「それは——秘密を教えてやるからさ。そうさ、おまえに教えてやる」

「じゃあ、話せ」

「約束が先だ。おまえにだまされんように」

「だめだ。話を聞いたあとで、約束するかしないかを決める」

一分以上じっと動かずにらみあいながら、エラゴンは相手の不意打ちにそなえ、筋肉を張りつめていた。ラーザックはひとしきりチッチッと舌うちをしてからいった。

「彼には名前がほぼわかっている」

「彼とは？」

「ガルバトリックス王」

「なんの名前だ？」

ラーザックはいらだったようにシューッという音を発した。「それはいえん！　名前だ！　真の名だ！」

「もっとくわしく話すんだ」

「無理だ！」

「なら、約束はなしだ」

「ライダーめ、呪ってやる！　その身に災いあれ！　この世にとまり木も巣穴も平安も見いだせなくなるがいい！　アラゲイジアを去り、二度ともどれなくなるがいい！」

エラゴンは悪寒が走り、うなじがぴりぴりするのを感じた。薬草師のアンジェラもドラゴンの骨占いで、それとまったく同じ運命を読んでいた……。

ラーザックが血しぶきを飛ばしてぬれたマントをはらうと、矢をつがえた弓があらわれた。怪物は弦を引き、エラゴンの胸にねらいをさだめて矢を放った。

エラゴンは杖で矢を打ちはらった。

これはほんの小手調べで、ここからが本番とでもいうように、ラーザックは身をかがめて弓を置き、マントをととのえ、その下から慎重な手つきで柳葉形の剣をぬきだした。

そのあいだにエラゴンは立ちあがり、足を開いてかまえ、杖を強くにぎりしめた。

ふたりは同時に飛びだした。

ラーザックが鎖骨から腰へふりおろしてくる剣を、エラゴンは身をひねってかわし、すぐさま杖の先を上にむけ、そのくちばしの下につきさした。鉄の大釘は、怪物ののどをおおう薄い殻をつきやぶった。

ラーザックはひとつ身ぶるいして、くずおれた。

エラゴンはだれよりも憎い敵を見おろし、そのまぶたのない目を見つめた。とつぜん、ひざの力がぬけ、通路の壁にむかって吐いた。口をぬぐうと、杖を引きぬいてささやいた。「父さんの仇。家と農場の仇。カーヴァホールの仇。ブロムの仇……ついに復讐を果たした。ラーザックよ、ここで永久に朽ちはてるがいい」

エラゴンはスローンの牢獄にもどり、魔法による深い眠りのなかにいるスローンを肩にかつぎあげ、洞窟の入り口にむかってもどりはじめた。とちゅう、何度もスローンをおろし、まだたしかめていない部屋や横道を調べた。そこで見つけた数々の忌まわしい道具のなかに、シーザー油の入った鉄のフラスコが四個あった。肉をとかす酸が邪悪なことに使われないよう、ただちに処分した。

入り組んだトンネルをぬけると、熱い陽光がエラゴンの頬をさした。息をとめ、レザルブラカの死骸のわきを急いで通りすぎ、ヘルグラインドの洞窟の入り口に立ち、絶壁からはるか下の丘を見おろした。西の方角、ドラス＝レオナへつながる道に、オレンジ色の土煙がまきあがっている。馬に乗った一団が近づいてくるのだ。

右半身がスローンの重みに耐えられなくなり、反対の肩にかつぎなおした。まばたきしてまつ毛にたまった汗を落とし、スローンをかかえて千五百メートルもの高さをどうやっておりるかを必死で考える。

「一・五キロか……」エラゴンはつぶやいた。「道さえあれば、それぐらいの距離はスローンをかついでもラクに歩ける。でも道がないから魔法で下におりるしかない……時間をかけてやるべきことを、一気に、しかも死なずにやるのは大変なことだ。オロミスがいってた……魔法を持続できるのはせいぜい二、三秒。一度に使えるエネルギーの量はかぎられているから、それを使いはたしてしまえば、回復するまで待たなきゃならない……しかし、ひとり言をいってるだけじゃ、なにもはじまらない」

スローンをしっかりかかえ、エラゴンは三十メートル下の細い岩棚に視線をさだめた。これはかなりきついぞ。エラゴンはそう思いながら、覚悟を決め、さけんだ。

「アウダー！（あがれ）」

エラゴンの体が洞窟の床から数センチうきあがった。「フラム（前へ）」魔法の力で体がヘルグラインドの外へおしだされ、雲のように空中にうかんだ。サフィラと空を飛ぶのには慣れているが、足もとに空気しかないというのは、やっぱり落ちつかない。

エラゴンは魔法の流れをあやつって、ラーザックの棲みかから急いで降下をはじめた。入り口はまやかしの石壁によって、ふたたびかくされた。岩に足をつきかけたとき、岩ががたついて靴がすべった。息をのむその瞬間、腕をふりまわし、足場をさがしたが、頭をさげると前のめりに墜落しそうで下を見られない。左足が岩棚からずりおち、エラゴンはギャッといって落下をはじめた。魔法を使うより先に、左足が岩の細い裂け目にうまくはまり、落下はとまった。岩がすね当てをした足に食いこんでいるが、それで救われたことを思えば、気にしてはいられない。

エラゴンは岩壁に背中をつけ、スローンのだらりとした体もそこにもたせかけた。

「まああだな」エラゴンは自分にいった。たしかにきついが、続けられないほどではない。「これなら、やれそうだ」新鮮な空気を深くすいこみ、動悸がおさまるのを待つ。スローンをかかえて二十メートルほど全速力で走った気分だ。「やれるはずだ……」

近づいてくる騎馬隊がふたたび目に入った。さっきよりかなり近くなり、不吉な速さでかわいた道を駆けてくる。これは競争だ、とエラゴンは思った。騎馬隊がここに着く前に、なんとか脱出しなければ。あのなかにはぜったいに魔術師がいるはずだ。いまは帝国の魔術師と戦えるような状態じゃない。

スローンの顔をちらりと見て、エラゴンはいった。「ちょっとばかり力を貸してくれるかな？　あんたのために命がけでがんばってるんだから、それぐらいはいいだろ」夢の世界に没入しているスローンは、眠ったまま頭を動かした。

エラゴンは低くうなって、岩壁から体をおしだした。ふたたび「アウダー」ととなえ、空中にうかぶ。こんどはスローンの力も――わずかだが――借りて、ふたりで二羽の奇妙な鳥のように、険しい壁を別の岩棚へと降下した。

そんなふうに岩棚を伝って、エラゴンはヘルグラインドをくだっていった。まっすぐおりるのはさけ、騎馬隊に見られないように、右へ右へとヘルグラインドの裏にまわりこみながらおりていった。

地面に近づくにつれ、スピードが落ちた。体はくたくたで、一度に移動できる距離が短くなり、使ったエネルギーを回復するのも困難になった。指一本もちあげるのもつらい。眠気におそわれ、思考と感覚がにぶくなり、痛む筋肉にはかたい岩がやわらかい枕のように感じられる。

ようやくかわききった大地におりると――最後には体がささえきれず、スローンといっしょに土の上にドスンと落ちた――エラゴンは腕を胸の下でおかしな形につぶしてたおれ、とじかけた目で、数センチ先の小さな岩にちらばるレモン色の粒々を見つめていた。背負っているスローンが鋼のかたまりのように重い。肺からは空気がぬけていくばかりで、入ってくる空気がないかのようだ。太陽に雲がかかったように目の前が暗い。鼓動が間遠になり、力ないはためきにしかすぎなくなる。

頭のどこかでぼんやりと、自分が死にかけているのがわかった。こわくはなかった――それどころか、疲れの極地をこえていて、死ぬことを思うと心おだやかになった。死はぼろぼろになった肉体からの解放、永遠の安らぎだ。

頭のうしろに、親指大のマルハナバチが飛んできた。エラゴンの耳のまわりから、さっきの岩のほうへ行き、丘陵にちらばる花と同じレモン色の黄水晶の粒をさぐりはじめた。朝の光でハチのふさふさした毛が輝き――エラゴンの目にはするどい毛の一本一本がはっきりと見え――、動かす羽がぼやけて見える。羽音は静かな太鼓の音のようだ。足の毛に花粉がついている。

マルハナバチは力強く、生き生きとして、美しかった。おかげで、エラゴンは生きる意欲をとりもどした。こんなすばらしい生物のいる世界で、生きつづけたい。

エラゴンは気力だけで胸から左手を引きはがし、近くの低木の幹をつかんだ。ヒルやダニのように、その木から生命をすいとると、木はしなびて茶色くなり、エラゴンの体にエネルギーと思考力がもどってきた。すると、急にこわくなった――生きつづけるという欲求を回復したいま、目の前に広がる闇は恐怖以外のなにものでもない。

体を引きずるように進み、また別の低木から力を吸収し、三本目、四本目と、完全に体力がもどるまで同じことをくりかえす。ふりかえると、うしろに枯れた植物が並木のようにならんでいる――自分のしたことを見て、口のなかに苦い味が広がった。

軽率な魔法の使い方をしてしまった。もしここで死ねば、ヴァーデン軍は敗北する。自分のおろかさに顔をしかめ、心のなかでつぶやいた。こんなざまじゃあ、ブロムに横っつらをひっぱたかれるな……。

エラゴンはスローンのところまでもどり、やせ細った体をかかえあげた。ヘルグラインドに背をむけると、涸れ谷に身をかくしながら東にむかって走る。

十分後、立ちどまってふりかえると、ヘルグラインドのふもとに砂ぼこりが舞いあがっている。騎馬隊が到着したのだ。

エラゴンはニヤリとした。あのなかに魔術師がいたとしても、エラゴンとスローンの意識をさぐるには遠すぎる。ラーザックの死体を発見するころには、こっちはあと五キロは進んでる。エラゴンは思った。やつらにはもう見つからないだろう。それに、連中がさがすのはドラゴンとライダーであって、徒歩で旅する人間じゃない。

しばらくは襲撃を受けないだろうと思い、エラゴンはほっとした。そして、消耗しすぎない程度の速度と歩幅で走りだした。

頭の上では、太陽が白と金色の光を放っていた。目の前には、どこかの集落にたどりつくまで、道なき荒野がどこまでも続いている。心のなかに、喜びと希望があらためてわきおこってきた。

ついにラーザックが死んだ！

ついに、復讐を果たしたのだ。ついにギャロウとブロムへの義務を果たし、ラーザックがカーヴァホールにあらわれて以来、自分を苦しめていた恐怖と怒りをふりはらうことができた。思いのほか長くかかってしまったが、ついに、やってのけたのだ。ローランとサフィラの力を借りたとはいえ、エラゴンは偉業をなしとげたことに満足し、その喜びにひたった。

だが意外にも、喪失感もあった。おぞましくもラーザック追跡は、パランカー谷と自分をつなぐ最後の一本の糸だった。それを手放すことへの喪失感だ。ラーザックへの復讐は、エラゴンの人生の目的だった――そのために故郷を出たのだ。それがなくなり、ラーザックへの憎しみを抱いていた心に、ぽっかり穴があいたようだ。

エラゴンは、おぞましい任務が終わったのに、それをなつかしんでいる自分にぞっとした。二度とそんな気持ちはもつまい。いつか――もしも戦いが終わったとき、帝国やマータグやガルバトリックスとの戦いに執着しすぎて、次へ進むことをこばんだり、最悪、戦いを長びかせようとしたりなど、ぜったいにしないぞ。未来に順応するんだ。

エラゴンは卑しむべき執着をふりはらい、恐ろしい復讐の旅から解放された安堵に身をまかせることにした。

高揚感で足どりが軽くなった。ラーザックがいなくなったいま、ようやく昔の自分ではなく、新しい自分として人生を歩きはじめたような気がした——ドラゴンライダー・エラゴンの人生を。

エラゴンは顔をあげ、声をあげて笑いながら走った。だれかに聞かれてもかまうもんか。

笑い声は谷間一帯にひびきわたった。エラゴンには、なにもかもが新しく美しく希望に満ちて見えた。

06 大地をひとりで歩くこと

正座から体をうしろにたおして疲れきった太ももの筋肉をのばしているとき、ゴボゴボという大きな音が聞こえてきた。

予期せぬ音に、エラゴンはハッと起きあがり、手さぐりで杖をさがした。人気のない土地を風がヒューッとふきぬけていく。太陽がしずみ、あたりは青と紫に包まれていた。草葉のかすかなゆれと、魔法の夢に反応して動くスローンの指のほかは、なにも動かない。夜気の冷たさが骨にしみるばかり。

エラゴンはなんだ、腹が鳴っているのかと一瞬ほほえんだ。だが、すぐに、笑みも消えうせた。ラーザックと戦って、さんざん魔法を使い、丸一日スローンをかついできたのに、まったくなにも食べていないのだ。もし時間をもどせるなら、ドワーフの町ターナグでふるまわれたごちそうを、全部たいらげられそうだ。オオイノシシ、ナグラのローストのにおいを思い出す――ピリッとからく、ハチミツとスパイスで味つけされ、脂がしたたって……考えただけでつばがわいてくる。

問題は、食糧がないことだった。水ならかんたんだ。いつでも土のなかの水分を集めることができる。だが、この不毛の地で食べ物を見つけるのは至難のわざだし、道徳的なジレンマもある。

エラゴンはオロミスに、アラゲイジアのさまざまな地理と風土について教えこまれた。だから、このあたりを調べたとき、ほとんどの植物の種類がわかった。食用となるものはわずかで、それも、大人の男ふたりが腹いっぱいになるだけの量もなければ、集める時間もない。動物は種や果物をかくしているのだろうが、どこをさがせばいいかわからない。それに、砂漠ネズミがためこむ食べ物など、たかが知れている。

残された選択肢はふたつだが、どちらも気が進まない。ひとつは、前にもやったように、植物や虫からエネルギーを吸収すること。その場合、ここを微生物さえ育たない荒廃した土地にしてしまう。また、それで体力を得られたとしても、腹になにも入れずエネルギーだけ吸収したところで、満足感を得られるものでもない。

もうひとつの選択肢は、狩りだ。

エラゴンは顔をくもらせ、杖の先を地面にねじこんだ。無数の動物と思考や欲求をわかちあうようになったいま、それを食べると考えただけで胸がむかかする。だからといって、ウサギの命を惜しんで食事をとらず、体を衰弱させて帝国兵に捕らえられるわけにはいかない。サフィラやローランがいったように、命あるものはみな、ほかのものを食べることで生きのびているのだ。エラゴンは思った。この世界は無情だけど、その仕組みは変えられない……エルフが肉を食べるのをこばむのは、正しいことかもしれないけど、ぼくはいま切羽つまっている。この状況で罪悪感をおぼえることはない。ブタでもマスでも、手に入るなら多少食べても、罪にはならないはずだ。

いくつもの理由を考えて、自分を納得させようとしたが、やっぱり肉を食べることの嫌悪感が胃のなかでのたうっていた。理屈では必要とわかってはいても実行にうつせず、三十分近くもじっと動かずにいた。あたりはすっかり暗くなり、時間をムダにした自分をののしった。体を休めるための貴重な時間なのに。

エラゴンは心を鬼にして、あたりに意識の触手をのばし、大トカゲ二匹と、砂の巣穴にひそむ、ネズミとウサギとリスをかけあわせたようなげっ歯類の集団を見つけた。「デイヤ（死を）」と、となえ、二匹のトカゲと、げっ歯動物の一匹を殺す。痛みを感じるまもない即死だが、動物たちの意識の光を消したことに、エラゴンは歯を食いしばって耐えた。

岩をひっくりかえし、その下にかくれていたトカゲをひろいあげた。げっ歯動物のほうは、魔法で巣穴から回収した。死骸を外に出すとき、ほかの動物を起こさないよう注意した——巣穴にいても、目に見えぬ捕食者に殺されることがあると知らせるのは、残酷に思えた。

皮をはいで、はらわたをとり、ハゲタカやハイエナに見つからないよう、食べない部分は土にうめた。平らな石を集めて小さなかまどをつくり、火をいれて調理をはじめる。塩がなくてまともな味つけはできないが、近くに生えていた草をすりつぶすといい香りがしたので、それを肉にまぶしたり、はさみこんだりした。

トカゲより小さなげっ歯動物が先に焼きあがった。即席のかまどからおろし、肉を口に近づけた。ほかにすることがなければ、嫌悪感に顔をしかめ、かたまったままでいただろう。だが、火加減やトカゲの焼け具合に気をとられていたおかげで、考えるまもなく、ただ強烈な飢えを満たすために肉をほおばった。

最初のひと口は最悪だった——のどにつかえて、熱い脂の味に吐きそうになる。体がふるえ、飲みこむのに二度失敗してから、やっと吐き気がおさまった。そのあとはラクになった。風味が薄いせいで、なにをかんでいるのかあまり意識せずにすむ。げっ歯動物をたいらげ、トカゲもすこし食べた。細い足の骨に残った最後の肉を食べおえると、エラゴンはほっと息をついた。ふと、無意識のうちに食事を楽しんだことに気づき、とまどいと恥ずかしさをおぼえた。あまりに腹がへっていたので、ひとたび自制心をとりはらうと、質素な食事でもごちそうに思えたのだ。

ひょっとしたら、とエラゴンは思った、ひょっとしたら、ヴァーデンのもとにもどったとき……ナスアダかオーリン王の食卓について、そこで肉が出されたら……ことわるのも失礼だとしたら、ふた口三口は食べるかもしれない……昔みたいには食べないけれど、エルフほどきびしくすることもない。あまりかたくなにならず、ほどほどにするのが賢いやり方だ。

かまどの火の明かりで、エラゴンはスローンの手をまじまじとながめた。一、二メートルほどむこうに横たわっているスローンの長く骨ばった指には、いくつもの白い傷あとが残っていた。指の関節が異様に大きく見え、きちんと手入れされていた爪はぎざぎざに裂け、黒いよごれがしみついている。何十年にもわたって包丁をふるってきたわりには、指の傷あとは多くない。皮膚は荒れてシワがより、ミミズのような静脈がうきあがっているが、その下の筋肉はしっかりしている。

エラゴンはしりをついてすわり、ひざの上で腕を組んでつぶやいた。「このまま逃がすわけにはいかない」エラゴンはつぶやいた。そんなことをすれば、ローランとカトリーナのあとを追うかもしれない。それはあってはならないことだ。たとえ殺さないにしろ、スローンには、おかした罪を償わせるべきだ。

バードは正直で誠実ないい人だった。それほど親しかったわけでもないのに、ギャロウとローランとで彼の家に行って、食事をごちそうになり、泊めてもらったことが何度かある。妻のフェルダや子どもたちのことも好きだった。だからバードの死は、エラゴンも悲惨なこととして受けとめている。いまは亡きバードの家族のためにも、公正な裁きがおこなわれるべきだと思った。

でも、どうすればふさわしい罰をくだせるのか？　エラゴンは思った。ぼくは死刑執行人にはなりたくない。裁きをくだすだけだ。だけど、ぼくに法のなにがわかるというのか？

エラゴンは立ちあがり、スローンに近づいていくと、身をかがめて耳もとでささやいた。「ヴァクナ（目ざめろ）」

スローンはびくっとして目をさまし、すじばった手で地面をかいた。残っているまぶたがふるえ、本能的に目をあけて、周囲のようすをたしかめようとする。

「ほら、これを食べて」エラゴンは半分食べかけのトカゲをスローンにさしだした。

スローンは食べ物のにおいはわかったようだ。「ここはどこだ？」ふるえる手で目の前にある石や植物をさぐりはじめた。自分の手首と足首にふれ、枷をはずされていることに気づいて、とまどっている。

「エルフやかつてのライダー族にミルナソーとよばれた地。ドワーフはウェアガードゥン、人間はグレイヒースとよんでいる。それがききたいんじゃなかったら、あんたが囚われていたヘルグラインドから、数十キロ南東というべきかな」

スローンは「ヘルグラインド……」と口にした。「あんたが助けてくれたのか？」

「ああ」

「じゃあ――」

「質問はあとだ。まずは食え」

エラゴンのきびしい口調に、スローンはムチで打たれたように反応した――身をすくめ、手をのばし、トカゲを手でさぐる。エラゴンはスローンにトカゲをわたすと、石のかまどにもどり、人目をひかぬよう炭に砂をかけて火を消した。

手わたされたものがなんなのか、スローンはおそるおそるなめてたしかめてから、トカゲにかぶりついた。口いっぱいにほおばっては、ほとんどかまずにのみこんでいる。動物の体のつくりや、手ぎわよく解体する方法を熟知した男は、それぞれの骨かられいに肉をはがして食べている。食べおえた骨が、わきにきっちり積みあげられていた。しっぽの肉の最後のひと口を飲みこむと、エラゴンは丸々残っていたトカゲを一匹スローンにわたした。スローンはうれしそうにうめき、口やあごからしたたる脂をぬぐおうともせずに、がつがつ食べた。

二匹目はスローンには大きすぎて食べきれなかった。あばら骨のあたりまで食べると、残りは骨の山にのせた。それから背すじをのばし、くちびるを手でぬぐい、のびた髪を耳のうしろにかけながらいった。「どなたかぞんじませんが、ご親切に感謝します。ちゃんとした食事をとるのはしばらくぶりなもんで、自由になれたことより、むしろ食事にありつけたことのほうがうれしいぐらいでして……ひとつおききしたいんだが、だんなはわたしの娘、カトリーナがどうなったか、ごぞんじじゃありませんか？　娘もわたしといっしょにヘルグラインドに囚われていたんです」スローンの声には、いろいろな感情が入りまじっていた——見も知らぬ者にしたがっていることによる敬意と恐れ、娘の安否への希望と不安、スパインの山々にも負けないかたくなな気持ち。意外にも、そこにないのは、カーヴァホールでいつもエラゴンにしめしてきた高慢さだった。

「カトリーナはローランといっしょにいる」

スローンはあえいだ。「ローランだと！　なんであいつがここに？　あいつもラーザックにつかまってたのか？　それとも——」

「ラーザックと鳥獣レザルブラカは死んだ」

「だんながやつらを殺したと？　どうやって……？　あんたはいったい——」その瞬間、スローンはこおりついた。あごの力がぬけ、肩をがくりと落とし、ささえを求めて低木につかまって首をふった。「まさか、まさか、そんな……ウソだろ……ありえない。ラーザックはそういっていたが——おれが知りもしないことを、やつらはききだそうとして……まさか、とても信じられん……？」みぞおちをなぐられ、話すことを強いられているかのように、スローンはあえぎながら小声でいった。「まさか、おまえがエラゴンのはずはない」

エラゴンは重い宿命と悲運を感じた。自分はそのふたつの無慈悲な支配者の道具なのか。それならばと、エラゴンは自分の背負わされたものがすべて伝わるよう、槌で一語ずつ打ちつけるように、ゆっくりと話しだした。「ぼくはエラゴンだが、それだけではない。アージェトラム、シェイドスレイヤー、ファイアースウォードともよばれる。ぼくのドラゴンはサフィラ。またの名をビヤーツクラー、フレームタンという。ぼくたちは、かつてライダーだったブロムや、ドワーフやエルフの教えを受け、アーガル、シェイド、モーザンの息子マータグと戦った。ぼくはヴァーデンとアラゲイジアの民のために任務についている。スローン・アルデンソン、ぼくがあんたをここまで連れてきた。バードを殺し、カーヴァホールを帝国に売りわたした罪を裁くために」

「ウソだ！　まさかおまえが――」

「ウソだって？」エラゴンはうなりをあげた。「ウソなんかついてない！」意識の力でスローンの頭に記憶を無理やり送りこんだ。自分のいまの力をスローンに知らしめ、自分がもはやただの人間ではないことを気づかせたかった。みとめたくはないが、かつてはエラゴンと家族を侮辱し、あざわらった男を支配することを楽しんでもいた。三十秒後、エラゴンは意識を引っこめた。

スローンはぶるぶるふるえながらも、予想に反し、たおれこむこともひれふすこともない。それどころか、冷たくかたくなな態度に変わった。「クソッたれめ」スローンはいった。「おまえなんかに弁明する気はない、だれの息子でもないエラゴンよ。だが、これだけはいっておく――おれはすべてカトリーナのためを思ってやった、それだけだ」

「わかってる。おまえがまだ生きていられるのは、そのためだけだ」

「だったら、好きにするがいい。カトリーナさえ無事なら、どうでもいいことだ……さあ、やれ！　どうするつもりだ？　ムチ打ちか？　焼き印でもおすか？　目玉はとられちまったから、こんどは腕か？　ここへ放りだしていきゃあ、また帝国の捕虜になるか、のたれ死にするかだ」

「まだ決めかねてる」

スローンはぐいっとあごを引き、夜の冷気をふせぐため、ぼろぼろの服をかきよせた。軍人のように姿勢を正してすわり、目玉のない眼窩（がんか）で、暗い野営地を見すえている。スローンは命乞いしなかった。慈悲にすがろうとしなかった。自分の罪を否定せず、エラゴンにとりいろうともしなかった。毅然として裁きを待っている。

その態度にエラゴンは感心した。

闇に包まれた世界ははかりしれぬほど広く見える。その広がりが自分にむかって一気に集まってくるように思えて、不安がつのる。ぼくの判断で、スローンの残りの人生がどうなるか決まるんだ。

エラゴンはスローンについて、自分が知っていることを思いうかべた。カトリーナを溺愛していた――自分本位で、異常ともいえるほどだったが、昔は健全な愛情をそそいでいたはずだ。妻のイズミラがスパインで転落死して以来、雲をつらぬくその山脈に抱くようになった憎しみと畏れ。残された家族から引きはなされたこと。肉を商う仕事への誇り。どんな子ども時代だったのか、カーヴァホールでの暮らしぶり。

エラゴンは情報の断片をかきあつめ、頭のなかでそれらをひっくりかえしながら考えた。パズルのピースのように組みあわせようとした。続けていくと、スローンの人生の無数のできごとや感情がつながり、複雑にからみあうクモの巣のようになっていく。そこにあらわれた模様は、スローンという人間をあらわしていた。クモの巣の最後の糸をかけたとき、エラゴンはようやくスローンの行為の理由がわかったと感じた。

その人格の核となるものをとりだしたことで、エラゴンは共感どころか、スローンのことがすっかり理解できるようにさえ思えた。そしてふと頭のなかに、スローンという人間をあらわす三つの古代語が思いうかんだ。なにも考えず、エラゴンはその言葉を口のなかでつぶやいた。

エラゴンの声は聞こえてはいないはずなのに、スローンはぴくりと反応し、太ももをぎゅっとつかみ、落ちつかない表情になった。

そんなスローンを見て、エラゴンの背中に悪寒が走り、腕や足に鳥肌が立った。スローンの反応について、いろいろ説明しようとした。どう考えても、しっくりくる説明はひとつしかないが、そんなことはありえないとも思う。エラゴンはもう一度、三つの古代語をささやいた。スローンはまたもやぴくりと動き、こうつぶやくのが聞こえた。「……だれかがおれの墓の上を歩いてる」

エラゴンはふるえる息を吐きだした。にわかには信じられないが、うたがいの余地はない――まったくの偶然から、エラゴンはスローンの本当の名前を知ってしまったのだ。その発見にエラゴンは当惑した。だれかの真の名を知るということは、重大な責任だ。相手に対して絶対的な支配力をもつことになる。その危険を考え、エルフは心から信頼できる相手にしか、ぜったいに真の名を明かさない。

　エラゴンはだれの真の名も知ったことはない。それを知ることがあるとすれば、大切に思う相手から贈り物として授けられるものと思っていた。本人の承諾なしに本当の名前を知るつもりなどなかったし、どうあつかうべきかもわからない。だが、わかったこともある。スローンの本当の名前を予測できたということは、自分自身のことよりもスローンのことを深く理解したのだ。自分の真の名は、いくら考えても見当もつかないのだから。

　そう気づくと、落ちつかない気分になった。これから戦う敵の性質から考えて、自分自身のことはすべて知りつくしておかなければ命とりになる。もっと、自分を見つめ、自分の真の名を見つけなければ。もしかしたら、オロミスとグレイダーが教えてくれるかもしれない。

　スローンの真の名を知ったことによる動揺がおさまると、スローンの罪の償い方がエラゴンの頭のなかで形をとりはじめた。ゆっくり考えて、とどこおりなく運ぶよう、こまかい計画を立てた。

星空の下、エラゴンは立ちあがって、草やぶのなかへ歩きだした。

スローンがその方向へ頭をかたむける。「どこに行く?」

エラゴンは答えなかった。

あたりを歩きまわり、真ん中が椀のようにくぼんだ、平たく大きな石を見つけた。「アドゥーナ・リサ(水よ、あがれ)」となえると、コケむす石のまわりの土から無数の水滴がわきあがり、合体して銀色の管となり、弧を描いて石のくぼみにそそぎはじめた。水があふれて土にもどると、またすぐに水滴がわきあがってくる。エラゴンはそこで魔法の流れをたちきった。

水が完全に静まり、水面が鏡のようになると、エラゴンは星のちりばめられた水盤の前に立った。「ドラウマ・コパ(夢視)」さらにいくつか言葉をつけくわえ、遠くはなれた相手を見ながら話せるよう呪文をとなえた。エレズメーラからサーダにむかう二日前、オロミスがさまざまな透視の方法を教えてくれたのだ。

水が真っ黒になり、ロウソクの火がふきけされるように、そこに映っていた星が消えた。ほどなく水の中央が楕円形に輝き、エルフの魔法のランタン――炎のない赤いエリスダー――の光に照らされた、白い大きなテントの内部があらわれた。

ふつうは、見たことのない場所や人物を透視することはできないのだが、エルフの透視ガラスは、接触をこころみるものすべてに、そこのようすが見えるよう魔法がかけられている。同じように、エラゴンの魔法は自分の姿とあたりのようすを、むこうのガラスに映しだしている。こうすることで、会ったことのない相手でも、アラゲイジアじゅうどこからでも連絡をとりあえるようになる。戦時においては、計りしれないほど役に立つのだ。

戦で傷んだ鎧(よろい)を身につけた、長身、銀髪のエルフが視界にあらわれた。イズランザディ女王の助言者でアーリアの友人でもあるデイサダ卿(きょう)だ。デイサダはエラゴンを見てもおどろきを顔には出さず、頭をかたむけ、右手の人さし指と中指をくちびるに当て、はきはきした声でいった。「アトラ・エステルニ・オノ・セルドウィン エラゴン・シャートゥガル(御身に幸運のあらんことを、わが仲間エラゴン)」

頭のなかを古代語に切りかえ、エラゴンは同じように二本の指をくちびるに当てて返事をした。「アトラ・ドウ・エヴァリンニヤ・オノ・ヴァルダ デイサダ・ヴォーダー(御身に星の守りのあらんことを、デイサダどの)」

デイサダはエルフの言葉で続けた。「ご無事でなによりです、シェイドスレイヤー。あなたの任務については数日前にアーリア・ドロットニングから聞きましたが、あなたとサフィラの安否を気づかっておりました。なにも問題はないのでしょうね？」「無事ですが、思いがけない問題に出くわしたもので、できればイズランザディ女王に相談して、お知恵をお借りしたいと思いまして」

デイサダのネコのような目がふたつの斜線のように細くなり、表情の読めない険しい顔つきになった。「そのようにおっしゃるのだから、よほど重要なことなのでしょう。エラゴン・ヴォーダー、だが、注意なさるがいい――引きしぼった弓は矢を放つだけでなく、折れてその射手を傷つけることもあるが……そこまでお望みであれば、お待ちください、女王にたずねてみましょう」

「待ちます。ご協力感謝します、デイサダ・ヴォーダー」エルフが透視ガラスから顔をそむけると、エラゴンはしかめつらになった。エルフの形式ばったかた苦しさは好きになれない。謎めいた発言の真意をさぐるのも苦手だ。デイサダは女王の周辺に陰謀や策略をもちこむのは危険だと警告したのか、それともイズランザディが引きしぼられた弓で、折れそうだとでもいうのか？　それとも、まったくちがう話か？

まあ、エルフと交信できたんだから、よしとしよう、とエラゴンは思った。エルフの住むドゥ・ウェルデンヴァーデンの森はバリアで防御され、透視による侵入がいっさいさまたげられている。エルフがエレズメーラにいるかぎり、連絡手段は使者を送るしかなかった。だが、エルフたちは蜂起し、いまは黒いマツの天蓋の下をはなれている。大いなる魔法の効力からはなれたために、透視ガラスのような道具を使えるようになったのだ。

一分、さらに一分とすぎるうち、エラゴンは不安になってきた。「早く出てくれよ」つぶやいて、人間や獣がしのびよってきていないか、あたりに目を走らせる。

布を裂くような音とともに、テント入り口の垂れ布がはらわれ、イズランザディ女王が透視ガラスの前につかつかと歩いてきた。金色に輝く小札鎧に鎖帷子とすね当てをつけ、オパールなど宝石がちりばめられた美しい兜をかぶり、ゆたかな黒髪をうしろに流している。肩から大きく広がる真っ赤なケープは、せまりくる大嵐を連想させる。イズランザディの左手には、抜き身の剣がにぎられていた。なにももっていない右手には赤い手袋をはめている。いや、よく見ると、女王の手首と指は血でおおわれている。

イズランザディはエラゴンを見て、つりあがったまゆをひそめた。その表情はおどろくほどアーリアに似ているが、姿と物腰は娘よりさらに堂々としている。恐るべき戦の女神のように、美しさとすさまじさをあわせもっている。

エラゴンは指をくちびるに当て、胸の上で右手をねじって忠誠と敬意をしめし、身分の高いものと話すときは先に言葉を発するという礼儀にしたがい、エルフのあいさつを口にした。イズランザディが作法どおり答えると、エラゴンはおぼえた作法を披露して、女王を喜ばせるため、三つめのあいさつをつけくわえた。「そして御身の心の安らかならんことを」

イズランザディの険しい顔がすこしゆるみ、エラゴンの作戦に気づいたのか、口もとに笑みをうかべた。「そしてあなたにも、シェイドスレイヤー」女王の低くゆたかな声は、マツの葉ずれと、小川のせせらぎと、アシ笛の音色を思わせる。剣を鞘（さや）におさめると、女王はテントのなかで折りたたみテーブルに歩みより、エラゴンから見て斜（はす）に立ち、水さしの水で手についた血を洗いはじめた。「このところ、安らぎをおぼえることがありません」

「戦は激しくなっているのですか？」

「まもなくそうなるでしょう。エルフはドゥ・ウェルデンヴァーデンの西端に集結し、愛する森のそばで殺し殺される準備をしています。エルフは森のなかでちりぢりに暮らし、ほかの種族のように隊列を組んで歩いたりはしません――大地にあたえる損害を考えてのこと。ですから、森のはずれから集まってくるには時間がかかるのです」

「それはわかります。ただ……」エラゴンは失礼にならないたずね方をさがした。「戦がまだはじまっていないのなら、どうして手が血にぬれていらっしゃるのかと思いまして」

指から水滴をふりおとし、イズランザディは美しい黄褐色の前腕をもちあげてエラゴンに見せた。ふと、エレズメーラにあるエラゴンの樹上の家を思い出した。あの入り口の間に、らせん状にのびる二本の腕のモデルは女王の腕だったのだ。「これでもう血にぬれてはいない。血のシミは、肉体ではなく、魂にのみ残るもの。戦況は近々激しくなるとはいいましたが、まだはじまっていないとはいっておりません」女王は胴鎧とその下に着たチュニックのそでを手首の下まで引きおろした。細い腰にまいた宝石のうめこまれたベルトから、銀糸で刺繍された腕甲をはずし、手にはめた。「シユノンの町に目を配り、そこを最初に攻撃するつもりでした。二日前、エルフの森の監視員が、シユノンからドゥ・ウェルデンヴァーデンに移動してくる人間とラバの集団を見つけたのです。ときどきあるように、森のはずれで材木を集めるつもりだと思いました。人間には材木が必要ですし、森のはずれの木々はまだ若く、エルフの影響もほとんど受けていない。わたくしたちも、人間の前に姿をさらしたくないので、それぐらいは大目に見ています。しかし、その集団は森のはずれでとまらなかった。勝手知ったるようすで獣道をたどり、森の奥深くまで入りこんできました。人間たちは森でもっとも高く太い木をさがしていました。アラゲイジアそのものと同じぐらい古く、ドワーフがファーザン・ドゥアーを発見したときはすでに老木だった木です。見つけると、人間たちはその木を切りだしたのです」イズランザディの声は怒りにふるえた。「彼らの会話から、森へ来た理由がわかりました。〈バーニングプレーンズの戦い〉で失った武器や大槌を補充するため、ガルバトリックスに大木を確保するよう命じられたのです。純粋で正当な動機があるなら、森の王たる木を一本ぐらい失ってもゆるしたでしょう。あるいは二本でも。ですが、二十八本はゆるしがたい」

エラゴンはぞっとした。「なにをしたのですか？」きいてはみたものの、答えはもうわかっている気がした。

イズランザディはあごをあげ、きびしい顔つきになった。「わたくしはふたりの森林警備員とともに、人間のまちがいを正したのです。かつてシュノンの民はエルフの領域をおかそうなどと考えなかった。今日、わたくしたちはその理由を思い出させてやったのです」知らず知らず、女王は右手が痛むかのようにこすりながら、透視ガラスの先にある、自分にしか見えないなにかを見つめた。「エラゴン・フィニアレル（若き有望なエラゴンよ）、あなたは自分をとりまく動植物の生命エネルギーにふれることを学んだはず。何世紀も前からその能力があったとしたら、それらの動植物をどれほどいつくしんだことか想像してみるがいい。わたくしたちはドゥ・ウェルデンヴァーデンの維持に全身全霊をささげてきたのです。この森はわたくしたちの心と体の一部。森の苦痛はわたくしたちの苦痛も同然……エルフは激するのはおそいが、ひとたびそうなれば、ドラゴンのように激しく怒りくるう。わたくしたちが最後に戦で血を流してから百年以上がたち、世はエルフになにができるのかを、わすれてしまったらしい。ライダー族の滅亡以来、その力は多少落ちたとしても、いまでももっともきびしい罰をくだすことはできる。相手にとっては、風火水土まで敵にまわしたようなもの。われわれは古来からの種族、寿命ある人間の知識や技術をはるかに凌駕(りょうが)している。ガルバトリックスや帝国の僕(しもべ)は思いしるがいい。エルフはいま森を出て、勝利を果たさぬかぎり、二度ともどる意志はない」

エラゴンは身ぶるいした。ダーザと対決したときでさえも、ここまで強く非情な決意は感じなかった。人間らしくない、とエラゴンは思い、苦笑した。当たり前じゃないか。エラゴンはそのことを肝に銘じておくつもりだった。ふたつの種族がどんなに似ているとしても人間——ぼくの場合はとくにそっくりだけど——人間とエルフは別物なのだ。「シユノンを攻めおとしたとして、そこに住む民をどうやってしたがわせるつもりですか？　死より帝国を憎んでいたとしても、あなたたちを信用するとも思えません。あなたたちはエルフで、彼らは人間なのだから」

イズランザディは手をふった。「そんなことは重要ではない。とにかく町に侵入してしまえば、だれの抵抗も受けない手段は考えてあります。エルフが人間と戦うのは今回が初めてではありませぬ」女王が兜(かぶと)をはずし、漆黒の髪が顔のまわりにたれた。「あなたがヘルグラインドを襲撃すると聞き、まゆをひそめましたが、襲撃は無事に終えたのですか？」

「はい、陛下」

「ならば、わたくしの反対は無意味でした。でも、忠告しておきます、エラゴン・シャートゥガル、不必要に危険に飛びこみ、自分の身を危険にさらさぬこと。無慈悲なことをいうようですが、これは真実です——あなたの命は従兄の幸福よりも大切なのです」

「ぼくはローランの力になると誓ったんです」

「ならば、あとのことを考えない軽率な誓いということ」

「大事な身内を見すてろと？　そんなことをしたら、ぼくは信頼のできない見さげはてた人間になる。ガルバトリックスをなんとかたおしてほしい、そう思うみんなの希望を乗せるには、ふさわしくない乗り物になる。それに、カトリーナがガルバトリックスの人質であるかぎり、ローランは王の好きにあやつられるおそれもあったんです」

女王は短剣のようなするどいまゆを片方つりあげた。「それついては、魔法の言葉でローランに誓いを立てさせ、ガルバトリックスにあやつられることをふせげたはずです……友人や家族を見すてろとはいいません。それは愚劣なことです。でも、いまがどんなときか、よく考えなさい。アラゲイジア全体の運命がかかっているのです。われわれがいま失敗すれば、ガルバトリックスの独裁はすべての種族におよび、彼は永久にアラゲイジアに君臨し続けるでしょう。あなたはわれわれの努力という槍の切っ先なのです。切っ先が折れてなくなれば、槍は敵の鎧に当たってははねかえり、努力も無に帰すことになる」

武装した戦士なら、槍だけでなく剣やほかの武器もそなえておくべきだ、と生意気な言葉が口をつきそうになり、エラゴンは石の水盤をにぎりしめた。指の下でコケのかたまりがはがれおちる。いらだちをおぼえ、早く本題にうつりたかった。子どもあつかいをして、きびしくしかるのは、自分がイズランザディに忠誠の誓いを立てていないからだろう。だが、いらだちをぶつけていたら話は先に進まない。

エラゴンはおだやかにいった。「ぼくを信じてください、陛下、あなたの懸念は、心から真剣に受けとめています。ただ、ローランを助けられなかったら、ぼくはローランと同じぐらい苦悩しただろうし、ローランひとりでカトリーナを救いだそうとして死んでいたら、もっと苦悩していた。どっちにしろ、ぼくはだれの役にも立たないほど打ちのめされたでしょう。この話題については、これくらいにしませんか？　いつまで話しても平行線になりそうです」

「いいでしょう」イズランザディはいった。「とりあえずこの問題は……わきに置きます。でもドラゴンライダー・エラゴン、あなたの決断についての調査が、これですんだとは思わぬよう。あなたは重大な責任に対して、軽率な行動をとったとわたくしは思う。これは深刻な問題です。これについてはオロミスに話しておきます——すべきことをしてくれるでしょう。さて、この謁見の理由をききましょう」

エラゴンは歯を食いしばり、冷静に話せるようになるのを待ってから、ヘルグラインドでのできごとやスローンのこと、彼にあたえる処罰のことを説明した。

話が終わると、イズランザディはテントのなかを、敏捷なネコのようにうろうろ歩きまわり、やがて足をとめていった。「あなたは人殺しで裏切り者の男の命を救うために、帝国の真ん中に残ることを選んだ。その男とふたりだけで、物資も武器も、魔法のたくわえもなく、そこを歩いている。しかも敵は間近にせまっている。先ほどのわたくしの警告はやはり正しかったようです。あなたは——」

「陛下、どうかおこるのはあとになさってください。この件を早くかたづけて、夜明けまで休息をとりたいのです。明日は長い距離を移動しなければならないので」

女王はうなずいた。「あなたが生きのびることがなによりも重要です。怒りをぶつけるのは、話が終わってからにしましょう……あなたのたのみごとですが、わたくしたちの歴史において先例がありませぬ。わたくしがあなたの立場なら、ただちにスローンを殺し、めんどうをとりのぞくでしょう」

「そうでしょうね。以前、アーリアが傷ついたシロハヤブサを殺すのを見たことがあります。死ぬとわかっていたので、長く苦しませることのないように。ぼくもスローンにそうすべきだったのかもしれない。でも、できなかった。それを選べば、死ぬまで後悔したでしょう。あるいは、この先、かんたんに人の命をうばえる人間になってたかもしれない」

イズランザディはため息をつき、急に疲れたようすになった。女王も今日は戦ってきたのだということをエラゴンは思い出した。「本来、あなたの師はオロミスのはずだけれど、あなたはいま、自分がオロミスではなくブロムの継承者であると証明したようなもの。そうやって、ありとあらゆる困難にみずからまきこまれようとするのは、あなた以外にブロムしか知りません。ブロムと同じように、いちばん深い砂地獄を見つけて、無理やりそこに飛びこもうとしているように思える」

エラゴンはそのたとえが気に入って、こみあげる笑みをこらえた。「スローンのことはどうなんですか？　彼の運命は、いまやあなたにかかっているんです」

イズランザディはテーブル横のスツールにゆっくりと腰をおろし、両手をひざにのせ、透視ガラスの片側に視線をむけた。思考も感情もおおいかくした美しい仮面のように、女王の表情はまったく読みとれなくなった。やがてイズランザディは口を開いた。「あなたがその男を救うことが正しいと判断し、あなた自身、めんどうをいとわないというなら、反対してその骨折りをムダにするわけにはいきません。あなたが用意したきびしい試練を乗りきったなら、スローンは賢者ギルデリエンにエレズメーラへの入国を許可され、住まいと寝床と食事をあたえられるでしょう。わたくしにはそれ以上は約束できません。そのあとのことは、スローン自身にかかっていますが、あなたがあたえた条件を満たせば、わたくしたちはスローンの闇を照らしましょう」

「寛大なご判断、ありがとうございます、陛下」

「いいえ、寛大などではない。この戦では、寛大でいることはできません。現実的なだけです。さあ、行ってなすべきことをなしなさい。気をつけるのですよ、エラゴン・シェイドスレイヤー」

「陛下」エラゴンはおじぎをした。「最後にもうひとつだけお願いがあります――ぼくのいまの状況を、アーリアやナスアダや、ヴァーデンのみんなにだまっていてほしいのです。彼らを必要以上にわずらわせたくないし、じきにサフィラから伝わるはずです」

「考えてみてもいいですが」

エラゴンはその先の答えを待ったが、女王はだまったままだ。あえて決断を口にはしないのだとわかり、エラゴンはもう一度おじぎをした。「ありがとうございます」

エラゴンが魔法を終わらせると、水面に輝く映像がゆれて真っ暗になった。顔をあげ、満天の星の放つかすかな明かりに目をならした。くずれかけた石の水盤からはなれ、草やぶの道を野宿の場所へ引きかえした。スローンはあいかわらず鋳鉄(ちゅうてつ)のように硬直し、背すじをのばしてすわっていた。

エラゴンが小石をふむと、その音でスローンは気配に気づき、鳥のように頭を動かした。「決まったか？」スローンはたずねた。

「ああ」エラゴンは答え、スローンの前にしゃがみ、地面に手をついて体をささえた。「一度しかいわないから、よく聞くんだ。あんたはカトリーナへの愛情のためにあんなことをしたといっている。だけど、みとめようとみとめまいと、娘とローランを引きはなしたいという、卑劣な動機もあったはずだ。それは、あんた自身の怒り……憎しみ……報復……心の痛みによるものだ」

スローンはくちびるを白い線になるほど引きしめた。「おまえは誤解してる」

「いいや、そうは思わない。ぼくの良心はあんたを殺すことをゆるさないから、あんたには死刑以外に考えうる最悪の罰をあたえる。カトリーナがなによりも大切だというのは真実だとわかった。だから、あんたの受ける罰はこれだ――死がおとずれる日まで、娘を見ることも、ふれることも、話すこともできない。そして、自分がいなくても、カトリーナはローランと幸せに暮らしているという事実を背負って、ひとりで生きるんだ」

スローンは食いしばった歯のすきまから息をすいこんだ。「それがおまえのあたえる罰だと？　ハッ！　そんなことができるものか。とじこめておく檻もないのに」

「話はまだ終わってない。エルフの言葉――真実と魔法の言葉――で誓いを立てさせることで、あんたに罰を守らせるのさ」

「おれにそんな誓いを立てさせることはできんぞ」スローンはどなった。「たとえ拷問にかけようとな」

「いや、拷問なんかなくてもできるのさ。そしてあんたは、ドゥ・ウェルデンヴァーデンの奥深く、エルフの都市エレズメーラにたどりつくまで、北にむかって旅を続ける。抵抗したければしてもいい。でも、いくらあがいても、命令にしたがってエルフの国にむかうまで、目に見えないかゆみのように、魔法があんたを刺激する」

「自分の手でおれを殺す勇気もないのか?」スローンはいった。「おまえはおれの首に刃を当てることもできない臆病者だから、目も見えず方向もわからない状態で、きびしい気候か獣にやられるまで、おれを荒野にさまよわせるつもりなんだ」スローンはエラゴンの左側につばを吐いた。「おまえなんかしょせん、腐れ野郎の血を引く腰ぬけ野郎だ。クソッたれの、親に毛をなめてもらえなかった獣の子。獣脂にまみれた顔で岩にかじりついて、クソでもまきちらせ。ゲロ吐き野郎、毒ガエル、脂まみれのメスブタの子め。おまえが飢え死にしかけていようが、残ったパンくずだってやらんし、おまえが焼かれていようが、水一滴かけてやらん。おまえが死んでも、物乞いの墓にも入れてやらん。骨の髄まで膿のたまった、脳ミソにカビの生えた、役たたずのゲス野郎！」

おぞましい罵詈雑言がよくもこれだけ出てくるものだと、エラゴンはある意味、感心した。だからといって、しめ殺したいほどの憎しみが変わるものではないし、悪態をつきかえしたい気持ちもあった。だが、その欲求をおさえたのは、スローンがわざと自分をおこらせ、なぐりたおされ、ラクに死のうとしている意図を感じたからだ。

エラゴンはいった。「ぼくはクソ野郎かもしれないが、人殺しじゃない」スローンがハッと息をのむ。また悪態をつきはじめる前に、エラゴンはいった。「どこへさまよっていこうと、食べ物の心配はいらないし、野生の獣におそわれることもない。人間にも獣にもわずらわされず、必要に応じて動物が食べ物を運んでくるよう、魔法をかける」

「そんなことできるものか」スローンはささやいた。その顔から血の気が引いて、骨のように白くなっているのが、かすかな星あかりの下でもわかる。「おまえにはそんなことできんし、する権利もない」

「ぼくはドラゴンライダーだ。王や女王と同じだけの権利がある」

これ以上スローンをこらしめることに興味はなかった。エラゴンは本人に聞こえるように、大声でスローンの真の名をいった。スローンの顔におどろきと恐怖の色が走り、腕をふりあげ、剣をつきさされたようなうめき声をあげた。痛々しくみじめで耳ざわりな悲鳴だった——自分の本質によって、のがれられない運命にしばりつけられた男のさけびだ。スローンは両手をついてたおれ、ぼさぼさの髪で顔をおおい、そのままますすり泣きをはじめた。

エラゴンはスローンの反応を見て立ちすくんだ。真の名を知ることは、相手にこんな影響をおよぼすのか？　ぼくもこんなふうになるんだろうか？

スローンのみじめな姿にも心を鬼にして、エラゴンはやると決めたことを実行にうつした。スローンの真の名をくりかえし、二度とカトリーナと接触しないという言葉を、古代語で一語一語誓わせた。スローンは激しく泣きさけび、歯を食いしばって抵抗したが、どんなにもがいても、真の名でよびかけられると、したがわざるをえなかった。誓いが終わると、いわれなき暴力から守られ、川や湖の魚や鳥や獣を食糧にしながら、エレズメーラへ進みだすよう、五つの呪文をとなえた。エネルギーは、エラゴンではなくスローン自身から引きだすようにした。

呪文をとなえ終わるころは真夜中になっていた。エラゴンは疲労にのみこまれ、サンザシの杖にもたれかかった。スローンは丸くなって転がっている。

「終わった」エラゴンはいった。

足もとの体から不明瞭なうめきが聞こえてきた。スローンがなにかいおうとしているようだ。エラゴンはまゆをひそめ、かたわらにひざまずいた。スローンの頬は自分で引っかいた傷で赤くなっている。鼻水がたれ、損傷の少ない左目のはしから涙が流れている。エラゴンのなかにあわれみと罪悪感がわきあがった――ここまで落ちぶれたスローンの姿を見ても、喜びはなかった。スローンは勝手な妄想もふくめ、人生で大切にしてきたすべてをうばわれた敗残者であり、エラゴンはスローンを打ちのめした張本人だった。すべてが終わると、エラゴンは恥ずべきことをし、穢(けが)れたような気分になった。これは必要なことだった。エラゴンは思った。だけど、こんなことはだれもするべきじゃない。

スローンはまたうめいた。「……縄一本だけでも……そんなつもりじゃ……イズミラ……だめだ、やめろ、たのむからやめてくれ……」うわごとはおさまった。静かにしているあいだに、エラゴンはスローンの腕に手を置いた。ふれられると、スローンは身をかたくして、「エラゴン……」とつぶやいた。「エラゴン……おれは目が見えない。なのにおまえはおれに大地を歩かせる……大地をひとりで歩かせる。おれは見はなされ、ウソの誓いを立てさせられた。おれは自分がわかってる、こんなことに耐えられるはずがない。助けてくれ——おれを殺せ！　この苦痛から解放してくれ」

衝動に駆られて、エラゴンはサンザシの杖をスローンの右手におしつけた。「この杖をもっていけ。道中おまえをみちびいてくれる」

「殺してくれ！」

「だめだ」

スローンののどからひび割れた悲鳴があがった。横たわったまま、両のこぶしを地面に何度も打ちつけた。「なんて残酷なやつなんだ！」わずかな力を使いはたし、スローンはさらに丸まって、あえぎ、涙を流した。

エラゴンはスローンの耳に口を近づけ、ささやいた。「ぼくだって情がないわけじゃない。希望をあげよう——エレズメーラに着いたら、あんたの家が用意されてるはずだ。エルフはあんたのめんどうをみて、死ぬまで好きなことをさせてくれる。ただひとつ、ドゥ・ウェルデンヴァーデンに足をふみいれたら最後、二度とそこを出ることはできない……スローン、よく聞くんだ。エルフとすごしてたとき、ぼくは本当の名前というものが年とともにしばしば変わることを知った。どういうことかわかるかい？　本当の自分は永遠に変わらないわけじゃない。強く望めば、人は新しい自分に変わることができるんだ」

スローンは返事をしなかった。

エラゴンはスローンのわきに杖を置き、はなれたところまで行って体をのばした。目をとじたまま、夜明け前に目ざめるよう呪文をつぶやき、目ざめたままの眠りへ身をゆだねた。

頭のなかでブーンという音が鳴って目ざめたとき、グレイヒースの地は寒く、暗く、荒涼としていた。「レッタ（とまれ）」ととなえ、頭のなかの音をとめる。痛みにうめきながら筋肉をのばし、立ちあがって腕を頭の上でぶらぶらふって血のめぐりをよくした。背中がひどく痛み、しばらくは武器をふりまわしたくないと思った。エラゴンは腕をおろし、スローンの姿をさがした。

スローンはいなくなっていた。

杖の先の丸いあとといっしょに、遠ざかっていく足あとがある。エラゴンはそれを見つけてほほえんだ。足あとはうろうろとみだれているが、大体の方向としては、エルフの偉大な森のある北の方角へむかっている。

たどりついてほしい、と意外なことにエラゴンは思った。これを成功させてほしい。そうすれば、人はみな、まちがいを償うチャンスがあることがわかる。それに、もしスローンが欠点を正し、自分のおかした罪に折りあいをつければ、あたえられた罰もそれほど残酷ではないと気づくはずだ。エラゴンはスローンにいわなかったが、彼が自分の罪を心から反省し、おこないを正し、まともな人間として生きる姿勢をしめせば、イズランザディ女王の魔術師が視力をもどしてやることになっている。だがスローン本人は、それを知らずにいなければならない。さもないと、エルフをごまかして、褒美を勝ちとろうとするかもしれない。

エラゴンはしばらく足あとを見つめたあと、地平線に目をむけていった。「幸運を」

疲れてはいたが、エラゴンは満ちたりた気持ちで、スローンの去った方角に背をむけ、グレイヒースを駆けだした。南西に、ブロムのダイヤモンドの墓がある古い砂岩の丘がある。立ちよって、祈りをささげていきたい気持ちをおさえた。もしガルバトリックスが墓を見つけていたら、エラゴンを捕らえるため、配下の者をひそませているはずだからだ。

「いつか行く」とエラゴンはいった。「約束するよ、ブロム――いつかかならず行くからね」

エラゴンは先を急いだ。

07 〈ナイフの試練〉

「だが、われわれはあなたと同族の民だ！」

長身で鼻が高く、黒い肌のファダワーは、母音に特徴のある力強い口調でいった。

ナスアダはファーザン・ドゥアーで、子どものころに聞いた語調を思い出していた
――アジハドのひざにすわってうとうとしながら、部族の使者たちが父とパイプをくゆらせながら話をしているときに聞いたのだ。

ナスアダはファダワーを見あげ、あと十五センチ背が高ければ、この将軍と四人の部下とまっすぐ目をあわせることができたのに、とくやしく思った。だが見おろされることには慣れていた。それより、自分と同じ肌の色の男たちにかこまれていることのほうが、落ちつかない。人々の好奇の視線とひそひそ話の対象にならないのは、あまりない経験だった。

ナスアダは司令部の赤いテントのなか、謁見者に会うときの木彫りの椅子――この遠征に出るとき、ヴァーデン軍がもってきた数少ないがんじょうな椅子――の前に立っていた。太陽はしずみかけ、ステンドグラスを通して日ざしがさしこみ、テントのなかを赤く染めていた。報告書や地図のちらばった低い長テーブルがテントの半分を占領している。

大きなテントの出入り口の外には、ナスアダの警備兵六人――人間ふたり、ドワーフふたり、アーガルふたり――が武器をかまえて待機している。アジハドが死んだあと、ナスアダがだれより信頼する年長の司令官ジョーマンダーは、ナスアダに護衛をつけることを決めた。しかし、これほどおおぜいとは……。

〈バーニングプレーンズの戦い〉の翌日、ジョーマンダーはナスアダにいった。あなたの身が心配でならず、夜中、胃のさしこみで目をさますこともしばしばなのだと。アベロンでは刺客に殺されそうになったし、フロスガー王がマータグに殺されて一週間とたっていない。だからナスアダに専属の警備隊をつけるべきだ、とジョーマンダーは進言した。ナスアダは、大げさだと反対したのだが、ジョーマンダーはがんとしてゆずらず、自分の提案を受けいれないなら、司令部をはなれるといって脅した。

ナスアダはやがて同意したが、こんどは警備の人数をめぐって押し問答がはじまった。ジョーマンダーはつねに十二人以上は必要だといい、ナスアダは四人でじゅうぶんという。結局、六人で合意したが、ナスアダにはまだ多すぎるように思えた。おびえていると思われないか心配だし、なにより、まわりを威圧しようとしていると思われるのがいやだった。だが、こんどもジョーマンダーの気は変わらなかった。ナスアダが、心配性のガンコじじいといって責めると、副官は笑っていった。「死に急ぐ無鉄砲な若者よりは、心配性のガンコじじいのほうがマシですよ」

結局、ナスアダの警護をする戦士は、病気やケガをしたときの交代要員十名をふくめ、総勢三十四名。六時間交代でおこなうことになった。

三つの種族それぞれから起用することを主張したのはナスアダだった。それによって、種族同士の結束力を強めるとともに、ナスアダが人間だけではなく、指揮下にあるすべての種族の利益を代表しているということをしめしたかった。そのなかにはエルフも入るが、いまのところ、ヴァーデン軍の陣営にいるエルフはアーリアだけで、イズランザディがエラゴンの護衛のために送った十二人の魔術師はまだ到着していない。

ナスアダが失望したのは、人間とドワーフの警備兵が、ともに任務につくアーガルに敵意をあらわしていることだ。予想はしていたものの、それを消すことはおろか、やわらげることもできない。かぞえられないほど何世代も前から争い、憎しみあってきた種族だ。ひとつの戦いをともに乗りきったぐらいで、しこりはほぐれないのだ。

ただ、戦士たちが警備隊をナイトホークス（夜鷹）と名づけたことには希望が見えた。それはナスアダの肌の色と、アーガルが使うナスアダの呼び名レディ・ナイトストーカー（夜しのびよる者）をもじってつけられたからだ。

ジョーマンダーに対してみとめる気はないが、ナスアダはすぐに、警備隊のおかげで安心感が増したことをありがたく思うようになった。それぞれの武器――人間の剣、ドワーフの斧、アーガルの奇妙な武器――の一流の使い手であるのに加え、警備兵のほとんどが熟練の魔術師でもあった。全員が古代語でナスアダに忠誠を誓っている。ナイトホークスが任務についたその日から、ナスアダは侍女のファリカ以外のだれかと、ふたりきりになることはなくなった。

いま、このときまでは。

ファダワーとの面会は、血を見る事態となりそうな予感がしたので、ナスアダはあらかじめナイトホークスをテントから追いだした。それでも、完全に丸腰というわけではない。ドレスの折り返しに短剣、さらに肌着の身ごろには小型のナイフもしのばせてある。椅子のうしろ、カーテンのかげには、いつでも割って入れるよう、予知能力をもつ少女エルヴァがひかえている。

ファダワーは百二十センチもの笏を地面に打ちつけた。彫金をほどこされた笏も、身につけているほかの宝飾品も、すべて純金製だった。前腕には金の腕輪、胸には金の胸当て、首からは長く太い金の鎖がさがり、耳たぶから浮きだし模様の白金の円盤がぶらさがっている。そして頭には、きらびやかな金の大きな冠がどんとそびえている。あの重さでよくも首をまっすぐにしていられるものだ、留め金なしでよくも落ちずにのっているものだと、ナスアダは感心した。六、七十センチはありそうな大建造物は、その華奢な土台にネジ釘でとめておかなければ、たおれてしまいそうだ。

そこまで豪華ではないにしろ、ファダワーの家臣も同じようにかざりたてていた。彼らが身につける金は、富をあらわすだけではなく、それぞれの身分や功績、部族の名工の技をしめすもの。遊牧民にしろ都市の民にしろ、アラゲイジアの肌の黒い人々は、ドワーフと競うほど質の高い宝飾品をつくることで古くから有名だ。

ナスアダも宝飾品を多少はもっているが、身につけないことにしていた。着ている衣裳はファダワーのそれとはくらべものにはならないほど質素だ。いくら裕福だろうと有力だろうと、ヴァーデン軍のすべてを代表して指揮をとるべきときに、特定の集団に属するのは賢明ではないと思っている。特定の集団をひいきしているように見られると、全体を支配する力が弱まってしまう。

それがファダワーとの論争の根拠だった。

ファダワーはまた笏で地面を打った。「血縁こそがなによりも重要ではないか！まず第一に家族への責任、次に将軍、そして天上天下の神々。王と国家があるなら、そんなものはその次だ。それがウヌルクナの考えた人の生き方であり、幸福を求めるならそうやって生きるべきなのだ。おまえは祖先の靴につば吐く勇気があるのか？家族を助けられないなら、そいつはだれに助けてもらえる？友は移り気なものだが、家族は永遠なのだぞ」

「あなたはわたしの母の従兄で、わたしの父と親類だから、同族の者に権力のある地位をあたえよとおっしゃる。同族の方々がヴァーデンのだれよりもその地位につく資格があるのなら、喜んでそうします。しかし、あなたのお話を聞くかぎり、とうてい納得できません。その金の舌で熱弁をふるわれる前に、血縁は優遇の理由にはならないことを知っていただきたい。口先だけの約束や無意味な装身具をファーザン・ドゥアーに送りつけるのではなく、あなたがもっと父の力になってくれていたら、この件についてすこしは考慮したかもしれません。あなたがこうしてここへあらわれたのは、わたしが勝利と権力を手にしたからでしょう。わたしの両親は死にました。わたしにはもう家族はいない。あなたがたはわたしの民でこそあれ、それ以上の何者でもありません」

ファダワーは目を細め、あごをあげていった。「高慢な女には、つねに分別というものが欠けている。われわれの協力がなければ失敗するぞ」

ファダワーは部族の言葉に切りかえ、ナスアダもそれにならわざるをえなくなった。いまいましかった。そのたどたどしく不慣れな話し方で、ナスアダが部族のなかで育ったのではないことが強調された。ファダワーの策略はナスアダの権威をおとしめた。「新たな仲間はいつでも歓迎します」とナスアダはいった。「ですが、ひいきすることも、それを強いられるのもおことわりです。あなたの部族の人々は力も才能もある。ほどこしにすがるまでもなく、すぐにヴァーデン軍での地位を高められるでしょう。あなたはわたしのテーブルの下で腹をすかせて鳴く犬か、あるいは、自分で腹を満たすことのできる男か？　後者ならば、ヴァーデンのため、ガルバトリックスを打ちたおすため、あなたがたを喜んでむかえいれます」

「バカにするな！」ファダワーは声を荒げた。「おまえ自身と同じぐらい、おろかな提案だ。従者の仕事などするものか――われわれは選ばれた人間だからな。おまえはわたしたちを侮辱した。笑顔でそこに立っているが、その心はサソリの毒でいっぱいだ」

ナスアダは怒りをおさえて、将軍をなだめようとした。「侮辱する気はありません。ただわたしの立場を説明しようとしただけです。わたしは遊牧民に対して悪意もなければ、特別な愛情もない。それがそんなに悪いことですか？」

「悪いどころではない、恥知らずの背信行為だ！　おまえの父親は血縁にもとづいてわれわれにたのみごとをしてきたのに、おまえはその奉仕を無視し、物乞いのように追いはらおうとしている！」

あきらめの感情がナスアダを支配した。エルヴァは正しかった――これはさけられないことなのだ、とナスアダは思った。恐怖と興奮で体がふるえた。これ以上無意味なやりとりを続けてもしかたがない。ナスアダは声を張りあげていった。「父のたのみを、あなたは再三はねつけた」

「そんなことはない！」

「いいえ。それにあなたのいうことが事実だとしても、ヴァーデン軍の地位をただであたえるわけにはいかない。便宜をはかれというなら、あなたはそのお返しになにをくれるの？　金と宝石でヴァーデン軍の財政をささえてくれるのかしら？」

「直接的にではないが――」

「あなたの部族の職人を、無料で使わせてくださる？」

「そんなことは――」

「だったら、どうやって恩恵にあずかるつもりです？　兵力とはいわせませんよ。あなたの戦士は、すでにヴァーデンやオーリン王の軍で戦っている。将軍、いま手にしているものだけで満足して、正当な権利のないものを要求するのはおよしなさい」

「おまえは利己的な目的のために事実をねじまげている。わたしは正当な権利あるものを求めている！　だからここに来たのだ。いくらごたくをならべても、無意味な言葉ばかりだ。おまえは自分の行動で、われわれを裏切っているのだからな」ファダワーは腕輪をジャラジャラいわせながら、大観衆を前にしているように大げさな身ぶりでしゃべる。「おまえは、われわれと同族の民だとみとめた。ならば、いまでもわが部族のしきたりと神にしたがうのか?」

ここが大きな分かれ目だ、とナスアダは思った。古い慣習はすてたとウソをつくこともできるが、そうすれば、ヴァーデンはファダワーの部族も、それを聞きつけたほかの遊牧民をも失うことになる。ヴァーデンには彼らが必要だ。ナスアダは思った。ガルバトリックスをたおすというわずかな望みをかなえるには、どんな協力者も失うことはできない。

「したがうわ」とナスアダはいった。

「では、わたしはおまえがヴァーデンの指揮官にふさわしくないと宣言する。その権利にのっとって、〈ナイフの試練〉を申しこむ。おまえが勝てば、われわれはおまえにしたがい、二度と刃向かわない。だがおまえが負ければ、その地位をしりぞいてもらう。そしてわたしがヴァーデン軍の指導者となる」

ファダワーの目が満足げに光った。ファダワーは最初からこれを望んでいたのだ、とナスアダは気づいた。たとえ要求に応じても、なんとかして〈ナイフの試練〉にもっていくつもりだったのだろう。「わたしの思いちがいでなければ、その勝者は自分の部族だけでなく、敗者の部族の指導者にもなれるのでは？　ちがいます？」ファダワーの顔に狼狽の色がうかび、ナスアダは思わず笑いそうになった。わたしがそのことを知っているとは思わなかったのね。

「そうだ」

「では、わたしが勝てば、あなたの冠と笏をもらうということで、挑戦を受けいれる。それでいいわね？」

ファダワーは顔をしかめてうなずいた。「けっこうだ」笏を地面に立つほど深くつきさし、腕輪を順にはずしはじめた。

「待って」とナスアダはいった。テントの奥に置かれたテーブルに歩みよると、真鍮の小さなベルを二回、一拍おいて、四回鳴らす。

すぐにファリカがテントに入ってきた。侍女はナスアダの客人をじろりと見てから、ふたりにむかっておじぎをした。「ナスアダさま、ご用でしょうか？」

ナスアダはファダワーにうなずいてみせた。「はじめましょう」そして侍女に命じる。「ドレスをぬぐのを手伝って。よごしたくないから」

年配の侍女が動揺する。「ここでですか、ナスアダさま？　この……殿方のいる前で？」

「そう、ここで。早く！　侍女といいあらそう必要はないわ」きつい言い方をするつもりはなかったのだが、心臓が早鐘を打ち、皮膚はおどろくほど――やわらかい亜麻布の肌着が帆布のように感じられるほど――敏感になっている。いまは礼儀を考える余裕はない。これからはじまる試練のことで頭がいっぱいだった。

ファリカが肩から腰までのびるドレスのひもを引っぱるのを、ナスアダは身じろぎもせず待った。ひもがゆるみ、侍女がそでを引きぬくと、ドレスはひだをよせて足もとに落ち、ナスアダは白いシュミーズ一枚という姿になった。

ファダワーの部下四人のむさぼるような視線にさらされ、無防備な姿のナスアダは必死で身ぶるいをおさえながらドレスから足をぬいて前に進みでる。

ファリカが地面のドレスをひろいあげた。

ナスアダのむかいでは、ファダワーがせっせと腕輪をはずし、その下から刺繍をほどこしたローブのそでが見えてきた。最後にファダワーは巨大な冠をはずし、部下のひとりにわたした。

テントの外から話し声が聞こえてきて、それらの準備が中断した。使者の――たしかジャーシャという名の――少年が一、二歩入ってきて、足をとめた。「サーダ国オーリン王さま、ヴァーデン軍ジョーマンダーさま、ドゥ・ヴラングル・ガータのトリアンナさま、およびイナパシュナ族のナッコーさまとラムセイワさまが到着しました」ジャーシャはまっすぐ天井だけを見つめ、報告した。

ジャーシャがくるりときびすを返して出ていくと、オーリン王を先頭にして一団が入ってきた。

王はまずファダワーを見てあいさつをした。「おお、将軍、おどろきましたな。あなたがたはてっきり――」ナスアダの姿を目にして、若い王は仰天した。「これは、ナスアダ、いったいどういうことだ？」

「わたしもぜひ説明をお聞きしたい」ジョーマンダーが低い声でいった。剣の柄をにぎり、ナスアダの姿をあからさまにじろじろ見る者をにらみつけている。

「集まってもらったのは」ナスアダは話した。「わたしとファダワーの〈ナイフの試練〉に立会い、ここで起きたことの証人となってほしいからです」

白髪まじりのふたりの部族民、ナッコーとラムセイワはおどろき、身をよせあってひそひそと話しはじめた。

トリアンナは腕ぐみをした。細い手首にまきつくヘビの腕輪があらわになっている。しかし顔は無表情をたもっている。

ジョーマンダーは声を荒げていった。「ナスアダさま、血まよったのですか？　愚の骨頂だ。こんなことはゆるされ――」

「ゆるされるし、そうするつもりよ」

「陛下、あなたがそのおつもりなら、わたしは――」

「心配はよくわかりますが、もう決めたこと。だれにもじゃまはさせません」

ジョーマンダーはナスアダの身を案じ、命令にそむいてとめに入りたいと思っているようだが、強い忠誠心ゆえにできないようだ。

「だが、ナスアダ」オーリン王がいった。「まさか、いまここで――」

「そうです」

「バカな。血まよいごとはやめたまえ。正気の沙汰とは思えない」

「もうファダワーと約束しました」

テントのなかに重苦しい空気がたれこめた。約束したということは、それを撤回すれば、不名誉な誓いやぶりとなり、公然とののしられ、さけられることになる。オーリン王はたじろぎながらも、さらにきいた。「なんのために？ つまり、もしきみが負ければ――」

「わたしが負ければ、ヴァーデンはわたしではなくファダワーにしたがうことになります」

ナスアダはいっせいに反対の声があがるのを予想していた。だが、一同はしんと静まりかえり、オーリン王の顔からは怒りがすっとさめて、きびしく、ひややかな表情になった。「われわれ全体の目標を危険にさらすような選択をするなど、納得できない」オーリン王はファダワーにむかっていった。「ここはひとつ道理をわきまえて、ナスアダとの約束を反故（ほご）にしてはいただけないものか？ あなたがそのあやまった野望をすててくれたら、謝礼はたっぷりとらせるつもりだ」

「金にはこまっておらんよ」ファダワーはいった。「あんたがたの錫（すず）のまじった金などいらん。ナスアダのわれわれに対する侮辱をうめあわせるものは、〈ナイフの試練〉しかない」

「立会人になって」ナスアダはいった。

オーリンはローブの折り返しをぎゅっとにぎりしめ、頭をさげていった。「よろしい、証人になろう」

ファダワーの四人の戦士は、ふくらんだそでからヤギの革を張った小さな太鼓をとりだし、ひざのあいだに置いて激しく打ちならしはじめた。あまりに速い動きに手がぼんやりとしか見えない。

荒々しいリズムは、ナスアダの思考もかきけした。鼓動が太鼓とあってくるようだ。

ファダワーの部下のうち最年長の男がふところに手を入れ、湾曲した大きなナイフを二本とりだし、テントの天井めがけて放り投げた。

ナスアダはくるくるとまわりながら落ちてくるナイフをうっとりと見つめた。落ちてきたナイフを、ナスアダは手をのばしてつかんだ。オパールのうめこまれた柄(つか)が掌(てのひら)にずしりとおさまる。

ファダワーもナイフをうまく受けとめた。

ふたりとも左手のそでをひじまでまくりあげた。

ナスアダはファダワーのひじの下に目をこらした。太く筋肉質だが、それは重要ではない――この対決は力の勝負ではない。ナスアダがさがしていたのは、ひじの下の内側にあるはずの傷あとだった。

それは五つあった。

五つも！　ナスアダは思った。多すぎる。ファダワーの不屈の精神のしるしを見ているうちに、ナスアダの自信はゆらぎはじめた。くじけそうな心をどうにかささえているのは、エルヴァの予言だ――エルヴァはこの対決でナスアダが勝つといったのだ。ナスアダはその言葉にすがりついた。わたしにはできると、エルヴァがいったんだから、きっとファダワーを負かせるはず……そうよ、そうに決まってるわ！

挑戦を申しこんだ者として、ファダワーから先にはじめた。掌を上にむけ、腕をまっすぐつきだした。ひじのすぐ下に鏡のように光るナイフの刃を当て、さっと引く。皮膚が熟れすぎたベリーのようにぱっくり裂け、赤い血がだらだらたれる。ファダワーはナスアダをにらみつけた。

ナスアダはほほえみ、自分のナイフを腕に当てた。金属の感触が氷のように冷たい。

これは、どちらがより多くの傷に耐えられるかで、意志の強さをくらべる試合だ。

一族の長、あるいは将軍になる者は、部下のために、だれよりも多くの痛みに耐える意志があってしかるべき、という信念にもとづいている。弱い者は、みずからの欲望より民の利益を優先する者とはみなされない。この試合は過激に思えるが、これに勝てば民の絶大な信頼が得られる。〈ナイフの試練〉は肌の黒い部族だけがおこなう対決だが、ファダワーに勝てば、ヴァーデン軍と、願わくばオーリン軍の戦士たちからの評価もたしかなものになるはずだ。

ナスアダは、カマキリの女神ゴクカラに、力をくださいとすばやく祈り、深く切りすぎないよう慎重にナイフを引いた。するどい鉄の刃が皮膚の上をすうっとすべる。その感触にナスアダは身をふるわせた。

ナイフを放り、傷口をおさえてさけびたかったがガマンした。腕に力を入れないようにしないと、よけいに痛い。刃が肉を切りさくあいだ、笑みを絶やさない。切るのはものの三秒だが、そのあいだ、肉体が怒りと不満の悲鳴をあげ、思わずナイフをもつ手をとめそうになる。ナイフをおろすと、ナスアダにはもう自分の血管の脈打つ音しか聞こえなかった。

部族の者たちが太鼓をたたきつづけるなか、ファダワーが二度目のナイフを入れた。ナイフが血の道をきざむとき、ファダワーの首の腱がうきたち、血管が破裂しそうなほどふくれあがった。

またナスアダの番だ。先が想像できるというのは、恐怖を加速させるばかりだ。どんなときも役だつナスアダの自衛本能が、手と腕に送る指令にあらがっていた。ナスアダはヴァーデンを守り、ガルバトリックスを打ちまかすという欲求に、意識を集中しようとした。それが、みずからをささげる目的。心のなかに、父親とジョーマンダーとエラゴンとヴァーデンの民の姿がうかんでくる。彼らのためにやりとげてみせる！　わたしは義務を果たすために生まれた。これがわたしの義務なのだ。

ナスアダはまた腕を切った。

引きつづき、ファダワーが三つめの傷を開き、ナスアダも同じことをした。

すぐに四つめの傷が続いた。

そして、五つめ……。

ナスアダは奇妙なだるさに包まれた。ひどく疲れて寒い。これは忍耐力の勝負ではなく、出血でどちらが先に失神するかの勝負なのかもしれない。だらだら流れる血は手首を伝って指先から落ち、足もとに血だまりをつくっている。

ファダワーの靴のまわりにも、それと同じか、もっと大きい血だまりがある。腕に赤く口をあけた裂け目は、魚のエラを連想させた。それがなぜかひどくおかしく思えて、ナスアダは舌をかんで笑いをこらえた。

ウォーッとうなりをあげ、ファダワーは六つめの傷をきざんだ。「負かせるものなら負かしてみろ、無力な魔女め！」ファダワーは太鼓の音にかぶせるようにさけんで、がくりと片ひざをつく。

ナスアダもやりおおせた。

ファダワーはふるえながら、ナイフを右手から左手にもちかえた。片方の腕に傷は六つまでと決められている。そうしないと、手首の血管や腱を切るおそれがあるからだ。

ナスアダがファダワーの動きにならおうとすると、オーリン王がふたりのあいだに割って入った。「やめるんだ！　これ以上続けることはゆるさない。このままでは死んでしまう」オーリン王はナスアダに近づいたが、ナイフをつきだされて飛びのいた。

「じゃましないで」ナスアダは歯のすきまからうめくようにいった。

ファダワーは右腕にとりかかり、血しぶきが飛んだ。

ナスアダはファダワーが手をにぎりしめていることに気づいた。そのミスが彼の敗北につながることを願う。

ナスアダも自制がきかなくなってきた。ナイフが皮膚を切りさくと、声にならない悲鳴がもれる。するどい刃は白熱した針金のように熱い。切っているとちゅう、傷のならんだ左腕が痙攣(けいれん)し、ナイフがそれて、倍の深さのぎざぎざの傷をきざんでしまった。息をとめ、苦痛に耐える。もうできない……ナスアダは思った。もうダメ……無理！　とても耐えられない。死んだほうがマシ……お願い、もう終わりにして！　そうやって心のなかで苦痛をぶちまけると多少は気がまぎれる。だが心の底では、けっしてあきらめるものかと思っていた。

八度目、ファダワーは刃をもちあげ、黒い肌から五ミリはなれたところで青白い鉄の刃をぴたりととめた。目の上に汗がしたたり、傷口はルビー色の涙を流している。一瞬、勇気がくじけたかのように見えたが、すぐに歯をむいてうなり、すばやく刃を引いて腕を切りつけた。

ファダワーのためらいを目にして、ナスアダの弱りかけた気力がふるいたった。気分が高揚し、痛みは心地いいと思えるほどの刺激に変わった。ファダワーに対抗する傷をきざんだあと、衝動的にもう一度ナイフを引いた。

「負かせるものなら負かしてみなさい」ナスアダはささやいた。

ファダワーは、連続して二本傷を入れること――一本はナスアダと同じ数にするため、もう一本は対決を続けるため――を思って、おびえているようだ。まばたきをし、くちびるをなめ、ナイフを三度にぎりなおしてから、腕の上にふりかざした。

舌を出し、もう一度くちびるをしめらせる。

と、ファダワーの左腕が痙攣し、ゆがんだ指からナイフが落ち、地面につきささった。

ファダワーはそれをひろいあげた。ローブの下で、胸が激しく上下している。ファダワーはナイフをもちあげ、腕に当てた。少量の血がすぐに出た。引きしめたあごが、がくがく動く。やがて、上半身をぶるっとふるわせると、傷ついた腕を抱くようにしていった。「降参だ」

太鼓の音がやんだ。

あたりはしんと静まりかえり、次の瞬間、オーリン王やジョーマンダーや、そこにいる者たちすべてがテント内に感嘆のさけびをひびかせた。ナスアダは彼らの反応に気づく余裕がなかった。足が体重をささえきれなくなり、うしろを手さぐりして、椅子を見つけ、そこにしずみこんだ。視界がぼやけ、ちかちかするが、意識を失わないよう必死で耐える。部族の民の前で気を失いたくない。そっと肩にふれられ見あげると、包帯の山をかかえた侍女のファリカが立っていた。

「ナスアダさま、傷の手あてをさせていただいても?」ファリカは心配そうにおそるおそるたずねた。

　ナスアダはうなずいた。

　ファリカがナスアダの腕に包帯をまきはじめると、ナッコーとラムセイワが近づいてきた。ラムセイワが一礼して口を開いた。「〈ナイフの試練〉でこれほど多くの傷に耐えた者はいません。あなたもファダワーも、ともに勇気をしめしたが、勝者はまちがいなくあなたです。わたしたちは同族の民にあなたの偉業を伝える。民はあなたに忠誠を誓うでしょう」

「ありがとう」ナスアダはいった。腕の激しいうずきに、目をつむる。

「陛下」

周囲ではいろいろな音がするが、ナスアダは自分の奥の、新たな痛みのやってこない場所に引きこもった。そして、果てしない闇のなかを、とりどりに変わる色のシミに照らされながらただよった。

休息はトリアンナの声にさまたげられた。「ファリカ、手をとめて。あなたのご主人を治療するから、包帯をはずしてちょうだい」

ナスアダが目をあけると、ジョーマンダー、オーリン王、それにトリアンナがのぞきこむように立っていた。ファダワーと部下たちはテントを去っていた。

「やめて」とナスアダはいった。

一同はおどろいてナスアダを見つめた。

ジョーマンダーがいった。「ナスアダ、あなたは頭がはっきりしていない。試合は終わった。もう痛みに耐える必要はない。とにかく止血しなければ」

「ファリカがやってくれてるわ。あとは治療師に傷を縫ってもらって湿布で腫れをおさえればじゅうぶん」

「だけど、なぜ？」

「〈ナイフの試練〉で負った傷は自然になおさなければならない。そうじゃないと痛みを完全に味わったことにはならないの。その規則をやぶれば、ファダワーが勝者になるわ」

「せめて痛みをやわらげたら？」トリアンナがいった。「わたしはどんな痛みもとりのぞく呪文を知っています。前もっていってくだされば、これっぽっちの不快感もなく、腕を丸ごと一本切りおとすこともできたでしょうに」

ナスアダは声をあげて笑い、めまいをおぼえて、頭をだらりとさげた。「それでもわたしの答えはいまと同じ——ごまかしは不名誉なことよ。指揮官としての資質をうたがわれることのないよう、正々堂々とこの試合に勝つ必要があった」

どこまでもやさしい口調で、オーリン王がいった。「だけど、もし負けていたとしたら？」

「負けるはずがなかった。それが死を意味しても、ファダワーにヴァーデンを支配させるつもりはなかった」

心配そうな顔で、オーリン王はナスアダをしばらく見つめていた。「そうだろうとも。だが、部族の忠義とはここまでの犠牲をはらう価値のあるものなのか？　きみのかわりは容易に見つけられないというのに」

「部族の忠義？　ちがうわ。今回のことは、部族をこえた影響をおよぼす。あなたもそれはわかっているはず。部隊をまとめるのにきっと役だちます。わたしにとっては、つらい死に何度でも立ちむかう気になれるほど、価値ある褒美だわ」

「教えてほしい、きみが今日死んでいたら、ヴァーデン軍はなにを勝ちとれた？　利益はひとつもない。きみが残すのは、落胆と、混乱と、おそらく破滅だけだ」

ナスアダはワインやハチミツ酒や強い蒸留酒を飲むときはいつも、言動に細心の注意をはらうようにしていた。アルコールは判断力をにぶらせ、協調性をみだすからだ。不適切な態度をとったり、相手に有利な取引をするのもいやだ。

そのときのナスアダは痛みに酔っていた。だから、ドワーフのブラックベリーのハチミツ酒を大ジョッキ三杯飲んだときと同じぐらい慎重に、オーリン王と会話すべきだったと、あとになって思った。いつもどおり礼儀にじゅうぶん気をつけていれば、こんな答えを返しはしなかっただろう。「オーリン、あなたは年寄りみたいに心配性なのね。わたしがこうすることは必然だったのだし、もうすんだこと。いまさらやきもきしても意味がない……たしかに、わたしは危険をおかした。でも、崖っぷちぎりぎりのところで踊る覚悟がなければ、ガルバトリックスはたおせない。あなたは王よ。だから、おぼえておいたほうがいいわ。危険とは、他人の運命を自分が決められるという尊大な考えをもった者が、その身にまとうマントのことをいうのだと」

「おぼえておこう」オーリン王は低い声でいった。「わたしたち一族の人間は、何世代にもわたって、帝国の侵略から日々サーダ国を守ってきた。ヴァーデンがファーザン・ドゥアーにかくれてフロスガー王の好意にすがっているあいだも」オーリン王はくるりとふりかえり、ローブをひるがえしてテントから出ていった。

「陛下、あれはまずい」ジョーマンダーがいった。

ファリカが包帯を強く引き、ナスアダは顔をしかめてあえいだ。「わかってるわ。王の傷ついたプライドは、あした修復してみます」

08

翼にのった便り

そこから、ナスアダの記憶に空白ができた——完全に感覚を失っていたせいで、ジョーマンダーに肩をゆさぶられ、大声でよびかけられたとき、ようやく時間がぬけおちたことに気づいた。ジョーマンダーの発する言葉を聞きわけるのにさらに時間がかかり、やがてこう聞こえてきた。「……目をはなすんじゃない。おいっ！　だめだ！　眠ってはいけない。こんど意識を失ったら、目をさませなくなるぞ」

「放して、ジョーマンダー」ナスアダはかろうじて笑みをうかべた。「もうだいじょうぶよ」

「あなたがだいじょうぶなら、わたしの叔父のウンセットはエルフだ」

「ちがうの？」

「まったく！　あなたはお父上そっくりだ——いつだって、自分の身の安全は二の次あなたがたの部族は、腐った慣習で朽ちはてるかもしれませんよ。まあ、わたしの知ったことではないが。治療師の手あてを受けてもらいますよ。あなたは決断をくだせる状態ではない」

「だから夜になるのを待ったのよ。ほら、もう日がしずむわ。今夜ひと晩休んだら、あしたからは自分の務めを果たせるようになる」

わきからファリカが近づいてきて、そのままナスアダからはなれようとしなかった。「ああ、ナスアダさま、死ぬほど心配しましたよ」

「それをいうなら、いまもまだ心配だ」ジョーマンダーはつぶやいた。

「ずいぶんよくなったわ」前腕が熱いが、ナスアダはかまわず椅子に身を起こした。「ふたりともさがってかまいません。わたしはだいじょうぶ。ジョーマンダー、ファダワーに伝えて。将軍としてわたしに忠誠を誓うかぎり、そのまま部族の長におさまっていてよいと。ファダワーの指導者としての能力は、ムダにするには惜しいわ。それからファリカ、あなたのテントにもどるとちゅう、薬草師のアンジェラにここへ来てほしいと伝えてちょうだい。強壮薬と湿布薬を調合してもらうことになってるから」

「こんな状態であなたをひとりにするわけにはいきません」とジョーマンダーはいった。

ファリカもうなずいた。「失礼ながら申しあげますが、ナスアダさま、わたしも同じ意見です。危険だわ」

ナスアダはテントの入り口に視線をむけ、ナイトホークスの戦士に話が聞こえないことを確認してから、声をしのばせていった。「ひとりじゃないわ」ジョーマンダーのまゆがぴくりとあがり、ファリカがおどろいた顔をした。「わたしはひとりきりになることはぜったいにないのよ。どういう意味かわかる?」

「なんらかの……予防策をとってあるということですか、陛下?」ジョーマンダーがたずねた。

「そうよ」

ふたりの世話人はどちらもナスアダの言葉を聞いて落ちつかないようすになり、ジョーマンダーはいった。「ナスアダ、あなたの身の安全を守るのはわたしの責任です。どんな予防策をとっているのか、そしてだれがあなたとじかに会えるのか、わたしには知る必要がある」

「それはいえません」ナスアダはおだやかな口調でいった。ジョーマンダーの目に傷心と憤りの色がうかぶのを見て続けた。「あなたの忠誠心をうたがっているわけではないのよ――まったくそんなことはないわ。ただ、これはわたしの心に秘めておくべきことなの。心の平穏のために、だれにも見られず短剣をもっていたい――そでの下にかくした武器みたいなものよ。わたしの性格上の問題だと思ってもらっていい。あなたの仕事ぶりが不満でやっているわけじゃないから、どうか悩まないで」

「陛下」ジョーマンダーはいつになく形式ばった態度でおじぎをした。

ナスアダは片手をあげて、もうさがってと合図した。ジョーマンダーとファリカは赤いテントから割りきれない気持ちで出ていった。

たっぷり一分、あるいは二分、聞こえるのはヴァーデンの野営地の上を旋回する血にまみれたカラスの耳ざわりな鳴き声だけだった。背後から、エサのにおいをさがすネズミのような、カサカサという音がかすかに聞こえてくる。ふりむくと、テントの奥の二枚の帆布のあいだから、エルヴァがすべりでてきた。

ナスアダはエルヴァをまじまじと見つめた。

少女の異常な成長は続いていた。ついこのあいだ、初めて会ったとき、エルヴァは

三、四歳に見えた。いま、少女は六歳近くに見える。えりとそでぐりに紫のふちどりのある、質素な黒いドレスを着ている。腰までとどく長いまっすぐの髪は、ドレスよりも黒々している――流れおちる黒い液体のようだ。めったに外に出ないため、鋭角的な顔は骨のように白い。ひたいについたドラゴンの印は銀色。スミレ色の目は、疲れきったようなさめた印象がある――呪いとなったエラゴンの祝福の結果、少女は他人の痛みに耐え、それをふせぐことを強いられている。この前の戦いでは、エルヴァを守るため、ドゥ・ヴラングル・ガータの魔術師が眠りにつかせたにもかかわらず、少女は何千という人々の苦痛を感じとり、あやうく命を落とすところだった。エルヴァがふたたび周囲に関心をしめし、口をきくようになったのは、つい最近のことだ。エルヴァが手の甲でバラのつぼみのようなくちびるをぬぐうのを見て、ナスアダはたずねた。「具合が悪かったの?」

エルヴァは肩をすくめた。「痛みには慣れているけど、エラゴンの魔法にさからうのは、いつまでたってもラクにはならない……ナスアダ、わたしはめったなことでは感動しないけど、あんなにたくさんの傷に耐えられるなんて、あなたは強い人です」

エルヴァの声には、子どものそれとはちがう、世の中に疲れた大人のような皮肉めいたひびきがある。何度耳にしても、それを聞くと、気持ちが落ちつかなくなる。それをつとめて無視し、ナスアダは答えた。「あなたのほうが強いわ。わたしはファダワーの痛みの分までは、苦しんでいないもの。そばにいてくれてありがとう。あなたにどんな苦痛をあたえたかわかってるわ。本当に感謝してる」

「感謝ですって？　フン！　わたしにとって、そんな言葉はなんの意味もないわ、レディ・ナイトストーカー」エルヴァの小さなくちびるがゆがんだ笑みをつくりだした。「なにか食べる物はありませんか？　おなかがぺこぺこです」

「あの巻物のかげに、ファリカがパンとワインを置いていったはずよ」ナスアダはテントの奥をさした。エルヴァが食べ物をとってきて、パンの大きなかたまりを口におしこんでがつがつ食べるのを、ナスアダは見守った。「ともかく、こんな暮らしもあとすこしよ。エラゴンがもどりしだい、魔法をといてくれるわ」

「かもね」パンを半分たいらげたところで、エルヴァは手をとめた。「〈ナイフの試練〉のこと、ウソをつきました」

「どういうこと？」

「あなたが勝つんじゃなく、負けるところが見えたの」

のよ」

「わたしが放っておいたら、七本目の傷で気力がとぎれて、いまごろはファダワーがあなたの座におさまっていたはず。だから、あなたが勝つために必要なことをいった

ナスアダはぞっとした。それが本当なら、ナスアダはこの魔法少女に、これまで以上に大きな借りをつくったことになる。それでも、自分のためを思ってしてくれたこととはいえ、人にあやつられるのはいやだった。「なるほど。またあなたに感謝しなければならないようね」

それを聞いて、エルヴァはかん高い声で笑った。「それに、そのことをずっと恨みつづけるんでしょう？　別にかまわないわ。わたしを傷つけたなんて、心配しないで、ナスアダ。わたしたちはたがいに利用価値がある、ただそれだけのこと」

その時間のテントの警備隊長であるドワーフが槌で盾を打ち、「薬草師のアンジェラが謁見を求めています、レディ・ナイトストーカー」というのを聞いて、ナスアダはほっとした。

「通しなさい」ナスアダは声を張りあげた。

両腕いっぱいに袋とかごをさげて、アンジェラがせかせかとテントに入ってきた。心配でひきつった顔のまわりで、いつもながら巻き毛が嵐の雲のようにふくらんでいる。足もとを魔法ネコのソレムバンが、動物の姿で歩いている。ソレムバンは急にエルヴァのほうに歩みより、背中を丸めて少女の足に体をすりつけた。

アンジェラは荷物を床に置き、肩をぐるぐるまわしていった。「まったくもう！あんたやエラゴンといると、体を切りきざんじゃいけないってことも知らないようなおバカさんのめんどうをみるのに、ほとんどの時間をついやしてる気がするわ」

話しながら、小柄な薬草師はナスアダにつかつかと近づき、右腕にまかれた包帯をはずしはじめた。アンジェラは不満そうにチッと舌うちした。「こういう場合はふつう、治療師が患者に具合はどうかってたずねて、患者は歯を食いしばって『ああ、そんなにひどくないです』ってウソをついて、治療師は『よろしい、よろしい。元気を出せば、ちゃんとよくなりますよ』っていうところなのよ。でも、どう見たってあんたはすぐに走りまわって帝国への攻撃を指揮できるような状態じゃない。とうてい無理よ」

「でも、なおるんでしょう？」ナスアダはたずねた。

「この傷をふさぐ魔法が使えればね。でもあたしにはそれはできないから、ちょっときびしいわね。ふつうの人みたいに気長に待って、傷口が感染しないことを祈るしかないでしょ」アンジェラは手をとめ、ナスアダをまっすぐ見つめた。「この傷が残るってこと、ほんとにわかってる？」

「なるようになるわ」

「たしかにそうね」

アンジェラは傷口をひとつずつ縫い、どろどろにとけた薬草のしみこんだ布で傷をおおっていく。そのあいだ、ナスアダはうめき声をこらえ、視線を上にむけていた。視界のはしで、ソレムバンがテーブルに飛びのってエルヴァのとなりにすわるのが見えた。毛むくじゃらの大きな前足をのばし、魔法ネコはエルヴァの皿からパンのかけらをとり、白い牙を光らせてそれをかじった。テントの横を通りすぎる戦士たちの鉄の鎧（よろい）の音がして、ネコは黒いふさのような毛をふるわせ、大きな耳を左右に動かした。

「バーズル（忌まわしい）」とアンジェラはつぶやいた。「だれがリーダーになるかを決めるのに、自分の体を切りつけるなんて、男のすることよ。ほんと、バカ！」

笑うと傷が痛むが、ナスアダは笑わずにはいられなかった。そして痛みが引くと、「たしかにね」といった。

アンジェラがナスアダの腕に包帯をまきおえたとき、テントの外のドワーフの隊長がさけんだ。「とまれ！」テントに入ろうとする者の行く手をふさぐため、剣をカチンと交差させる音がひびいた。

考えるより先に、ナスアダはシュミーズの胴部に縫いこんだ鞘から、十センチのナイフをぬいた。指が太くなったような感覚で、腕の筋肉も反応がにぶく、柄をにぎるのに苦労する。傷口の焼けつくようにするどい痛みだけを残して、腕が眠りについてしまったかのようだ。

アンジェラも服のどこかから短剣を引きぬき、ナスアダの前に立って古代語をつぶやきだした。ソレムバンが地面に飛びおり、アンジェラの横にうずくまる。毛がさかだち、そのへんの犬よりも大きく見える。魔法ネコはのどから低いうなりを発している。

エルヴァは平然と食事を続けていた。パンのかけらを指ではさみ、めずらしい虫でも見るように観察してから、ワインの杯にひたしてぱくりと口に入れる。

「陛下」男がさけんだ。「エラゴンとサフィラが北東方面からもどってきます！」

ナスアダはナイフを鞘におさめた。椅子を立ち、アンジェラにいう。「服を着るのを手伝って」

アンジェラが広げてくれた服のなかに、ナスアダは足をふみいれた。アンジェラはナスアダの腕をそろそろとそでに入れ、それが終わると、背中のひもにとりかかった。エルヴァも加わって、まもなくナスアダの身なりはととのった。

ナスアダは自分の腕を見つめた。包帯はすっかりかくれている。「ケガは、かくすべきか、それとも見せたほうがいいのかしら？」彼女はきいた。

「そうねえ」アンジェラは答えた。「ケガを見せれば、自分の評価をあげるか、敵に弱点を見せて喜ばせるかだわね。ずいぶん哲学的な問題だわ。足の親指をなくした人を見て、『指がないぞ』と思うか『それぐらいのケガですむとは、よほど賢いか強いか運がいいかだな』と思うかで、答えがちがってくる」

「ものすごくおかしなたとえね」

「ありがと」

「〈ナイフの試練〉は強さを競うもの」とエルヴァがいった。「そのことはヴァーデンもサーダの民もよく知ってるわ。ナスアダ、あなたは自分の強さを誇りに思ってる?」「そでを切りおとしてちょうだい」ナスアダはいった。ふたりがためらっていると、彼女は命じた。「早く!　ひじから切りおとして。ドレスのことは気にしなくていいわ――あとでなおしてもらうから」

アンジェラはナスアダのいうとおりすばやくそでを切り、切れはしをテーブルに落とした。

ナスアダはあごをあげた。「エルヴァ、わたしが気を失いそうだとわかったら、アンジェラにささえるよう伝えて。では、行きましょう」ナスアダを先頭に、三人はぴたりとくっついて歩いた。ソレムバンははなれてついてくる。

三人が赤いテントから出ると、ドワーフの隊長がさけんだ。「位置につけ!」待機していたナイトホークス六人が、ナスアダたちをかこんだ。人間とドワーフ戦士が前後につき、大柄なカル――身の丈約二メートル半以上のアーガル――が両わきにつく。

ヴァーデンの野営地の上空に薄闇が金と紫の翼を広げ、長く連なるテントの列が神秘的に見える。深まる闇が夜のおとずれを告げ、薄暮のなか、無数のたいまつやかがり火が明るい光を放っている。東の空は澄みわたっていた。南の空には黒煙の雲が低くたれこめ、地平線と七キロほど先のバーニングプレーンズをおおいかくしている。西のジエト川ぞいにはブナとポプラの木がならび、川にジョードとローランとカーヴァホールの村人たちが乗っとった〈ドラゴン・ウイング号〉がうかんでいる。

だが、ナスアダが視線をむけているのは北の方角だ。北の空からサフィラの輝く姿が近づいてくる。暮れゆく日の光に照らされ、青い光輪におおわれている。その姿は天からふってくる星団のようだ。

ナスアダはその荘厳な光景をうっとりと見つめながら、幸運に感謝した。無事に帰ってこられたんだわ！　そう思い、安堵の息をつく。

サフィラの到着を告げた戦士――ぼさぼさの無精ひげをのばしたやせた男――が一礼していった。「ナスアダさま、ごらんのとおり、わたしの申しあげたとおりでした」

「そうね、えらいわ。いち早くサフィラに気づいたんだから、あなたはすごく目がいいのね。名前は？」

「ハーデンの息子、フレッチャーです、陛下」

「ありがとう、フレッチャー。持ち場にもどってけっこうよ」

もう一度礼をして、戦士は野営地の境界へ小走りでもどっていった。

ナスアダはサフィラに視線をむけたまま、立ちならぶテントのあいだをぬけて、離着陸のために用意された広い草地へむかった。エラゴンとサフィラとの再会のことで頭がいっぱいで、つきしたがう警備兵や従者たちに気をつかう余裕もない。これまで数日間、エラゴンたちの安否がいちばんの気がかりだった。ヴァーデンの指揮官として、そして自分でもおどろきだが、友人としても。

サフィラはどんなタカやハヤブサにも負けない速さで飛んでくるが、その距離はまだ何キロもあり、野営地に近づくには十分ほどかかった。そのころには、草地にはおおぜいの戦士が集まっていた。人間、ドワーフ、そのそばですごみを利かしているのは、ナー・ガルジヴォグ率いる灰色の肌のアーガル部隊。草地の反対側には、オーリン王と廷臣たちが立っている。ファーザン・ドゥアーにもどったオリクのかわりをつとめるドワーフ大使のナールヒム、ジョーマンダー、長老会議のメンバー、そしてアーリアの姿もある。

長身の女エルフは集まった戦士たちのあいだを縫って、ナスアダに近づいてきた。サフィラを見あげている男も女も、思わずアーリアに目をうばわれる。アーリアにはそれだけの魅力があった。全身黒ずくめで、男のようにレギンスをはき、腰に剣をさし、弓と矢筒を背負っている。肌の色は明るいハチミツ色。顔かたちはネコのように鋭角的だ。力強く、流れるような動きは、剣の腕前と超自然の力を物語っている。

彼女の一風変わった服装は、いつもナスアダにはすこしばかりみだらに思われた。体の線がはっきりしすぎているからだ。だが、たとえアーリアがぼろぼろのガウンを着ていたとしても、どんな人間の貴族より高貴で堂々として見えるはずだ。

ナスアダの前で足をとめ、アーリアはナスアダの傷をしとやかに指さした。「詩人のアーネもうたったように、愛する民と国のために己を犠牲にすることは、人にできる最高の美徳。わたくしはヴァーデンの指導者をひとり残らず知っています。彼らはみな偉大であったけれど、アジハドほどの者はいなかった。ですが、あなたはこれでアジハドをもしのいだ」

「光栄だわ、アーリア。でも、わたしがそんなに明るく輝いたら、父がすばらしい人だったということがわすれられてしまわないかしら」

「子どものおこないは、両親から受けた教えを証明するもの。太陽のように輝きなさい、ナスアダ。その若さで指導者となったあなたが明るく輝くほどに、そのつとめを娘に教えたアジハドに対し、民はもっと敬意をはらうようになる」

ナスアダは頭をたれ、アーリアの言葉を心にきざみこんだ。それから、笑っていった。「その若さ？ 人間の認識からすると、わたしはりっぱな大人よ」

おもしろがっているように、アーリアの緑色の目が光った。「たしかに。でも、賢さではなく年齢で判断した場合、エルフから見たら大人といえる人間はひとりもいません。ガルバトリックスをのぞいては」

「それに、あたしもね」アンジェラが口をはさんだ。

「まさか」ナスアダはいった。「あなたの年はわたしとたいして変わらないはずよ」

「ハッ！ 見た目にまどわされてるのね。これだけ長いことアーリアといっしょにいるんだから、もうちょっとちがう感覚を身につけなきゃだめよ」

アンジェラの本当の年をナスアダがたずねようとしたとき、ドレスの背中が強く引っぱられた。ふりかえると、エルヴァが顔をよせろといっている。ナスアダが身をかがめ、耳を近づけると、少女はつぶやいた。「エラゴンがサフィラに乗ってない」

ナスアダは胸がしめつけられ、呼吸ができなくなった。彼女は空を見あげた。サフィラは野営地の上の数百メートル上空を旋回している。巨大なコウモリのような翼が、空を背に黒く見える。サフィラの腹も、鱗のなかで白くうきたつ鉤爪も見えるが、その上にいる人の姿はまったく見えない。

「どうしてわかるの?」声を落としたまま、ナスアダはたずねた。

「彼の不安も恐れも伝わってこない。あそこにいるのはローランと、カトリーナらしき女の人だけ。ほかにはだれもいないわ」

ナスアダは背中をのばしてパンパンと手をたたき、「ジョーマンダー!」と、大声でよばわった。

十メートルほどはなれたところから、ジョーマンダーが人の群れをかきわけて走ってきた。緊急事態だということが経験からわかっているのだ。「ナスアダさま」

「退去よ! サフィラがおりる前に、ここからみんな追いはらって」

「オーリンとナールヒムとガルジヴォグも?」

ナスアダは顔をしかめた。「いいえ、だけどそれ以外は全員退去。急いで!」

ジョーマンダーが大声で命じると、アーリアとアンジェラがナスアダのもとにやってきた。ふたりとも緊張をただよわせている。アーリアがいった。「もしエラゴンになにかあったのなら、サフィラがあれほど落ちついているはずがありません」

「だったら、彼はどこにいるの？」ナスアダはきいた。「こんどはどんなめんどうにまきこまれたっていうのよ？」

ジョーマンダーと部下たちは見物人たちにテントにもどれと命じたり、不満をいってなかなか動こうとしない戦士を棒で追いはらったり、草地は大変なさわぎになった。ジョーマンダー直属の隊長たちが暴れる戦士をあちこちでとりおさえ、大きな乱闘になるのをふせいでいる。さいわい、アーガルたちは大将のガルジヴォグに命じられ、おとなしく草地を去った。ガルジヴォグ自身は、オーリン王とドワーフのナールヒムと同様、ナスアダのもとへ集まってきた。

身長二メートル半を超えるアーガルが近づいてくると、ナスアダは足もとで地面がゆれるように感じた。ガルジヴォグは種族のしきたりにのっとって、骨ばったあごをあげ、のどをむきだしにした。「レディ・ナイトストーカー、いったいなにごとだ？」あごと歯のつくりと発音のせいで、彼の言葉は聞きとりづらい。

「ああ、わたしもちゃんとした説明が聞きたい」顔を真っ赤にして、オーリンがいった。

「わしもだ」ナールヒムがいった。

彼らを見つめながら、アラゲイジアのさまざまな種族が平時に一堂に会するのは、数千年来で初めてのことかもしれない、とナスアダは思った。唯一欠けているのはラーザックと親の鳥獣だけだが、この秘密の会合にあの薄汚い生き物をまねくなど、正気な者の考えることではない。ナスアダはサフィラをさしていった。「みなさんの知りたがっている答えは、サフィラが教えてくれるでしょう」

最後までねばっていた見物人が広場を去ると同時に、サフィラは激しい風をまきあげ、翼で速度を調節しながら地面にうしろ足をおろした。四本とも足が着くと、野営地ににぶい地響きが起きた。鞍から締め金をはずし、ローランとカトリーナが急いでおりてきた。

ふたりが歩みよると、ナスアダはカトリーナをまじまじとながめた。その身を救うため、ひとりの男をあそこまでふるいたたせるのはどんな女性なのか、興味があったのだ。目の前に立つ若い女性は、体ががっしりとして、髪はゆたかな赤褐色、顔は病人のように青白い。衣裳はもとの形がわらないほどよごれ、ぼろぼろになっている。囚われの身でいたにもかかわらず、カトリーナはじゅうぶん魅力的だが、吟遊詩人が偉大なる美とよぶようなものではない。だが、その目と態度にはある種の力がある。

もしも捕らえられたのがローランなら、この娘は愛する者を思う一心で、カーヴァホールの村人たちをサーダまで率い、バーニングプレーンズの戦闘を戦いぬき、その足でヘルグラインドに彼を助けに行っただろう。ガルジヴォグの姿を見ても、カトリーナはひるむこともなく、そのままローランとならんで立っていた。

ローランはナスアダに一礼し、むきなおってオーリン王にも同じく頭をさげた。

「ナスアダさま」ローランは厳粛な顔つきだった。「陛下、よろしければ紹介させてください。婚約者のカトリーナです」カトリーナはひざを曲げておじぎした。

「カトリーナ、ヴァーデンへようこそ」ナスアダはいった。「ローランの献身的愛情のおかげで、ここにいる者たちはみなあなたのことを知っています。彼のあなたへの愛をうたった歌は、もう国じゅうに広まっているわ」

「心から歓迎します」とオーリン王がつけくわえた。「本当に、心から」

オーリン王もドワーフも、その場にいる男たちがみな、カトリーナに目をうばわれていることにナスアダは気づいた。夜が明けるまでに、彼らはカトリーナの魅力について仲間たちにとくと話して聞かせるのだろう。ローランが彼女のためにやりとげたことのおかげで、カトリーナの存在は平凡な女性以上のものになっていた。兵士たちにとって彼女はいまや、心をひきつけてやまぬ神秘的な女性だ。ひとりの男がこれほどの代償をはらってまで、身をささげたのだから、それだけすばらしい人にちがいなかった。

カトリーナは顔を赤らめて笑みをうかべた。「感謝します」一身に注目をあび、居心地悪そうなようすだが、その表情にはいくぶん誇らしげなところもある。自分はローランのすばらしさをよくわかっている、アラゲイジアの全女性のなかで、自分が彼の心を射とめたのよ、といっているかのようだ。ローランはカトリーナのものであり、彼女が求めるのは身分や宝ではなく、それだけなのだ。

ナスアダは一抹のさびしさに打たれた。そういうものがわたしにもあったら……と思う。背負う責務のせいで、ナスアダは娘らしい夢やロマンスや結婚、それに子どもを産むことも――ヴァーデンのために政略結婚でもしないかぎりは――できない。オーリンとの政略結婚をときどき考えてはみるが、そのたび気持ちがくじける。それでも、自分の運命には満足しているし、カトリーナとローランの幸せをねたんでもいない。ナスアダの頭にあるのは、目的を達成することだけだった――ガルバトリックスをたおすことは、結婚のようなささいなことよりずっと重要だ。結婚はたいていの人にできることだが、新しい時代の誕生に立ちあえる人がどれほどいるだろう？

　今夜のわたしはどうかしている、とナスアダは思った。ケガのせいで頭のなかがハチの巣みたいにブンブンいっているのだ。雑念をふりはらい、ローランとカトリーナのうしろのサフィラに目をむけた。ナスアダは思考に張りめぐらせた防壁をとりはらい、サフィラに問いかけた。「エラゴンはどうしたの？」

　カサカサと鱗のこすれあう音を立て、サフィラが歩み出て、ナスアダ、アーリア、アンジェラの目の前に頭をおろした。ドラゴンの左目が青い炎で輝いている。サフィラは鼻を二度フンフンいわせ、口から深紅の舌をつきだした。熱くしめった息でナスアダのえりのレースがはためいた。

　サフィラが意識にふれるのを感じ、ナスアダはゴクリと息をのんだ。サフィラはこれまでに出あったどんな生き物ともちがう。太古からの、異質な生き物。獰猛だがおだやかでもある。その堂々たる体を見れば、いつでも自分たちを食べてしまえるのだと思いしらされる。ドラゴンのそばで、のんきにかまえることなど無理だ、とナスアダは思っている。

〈血のにおいがする〉とサフィラはいった。〈ナスアダ、だれがあなたを傷つけた？

名前をいいなさい、首から股まで引きさいて、あなたに頭をもちかえってあげる〕

「だれも引きさいてくれなくてけっこうよ。ともかく、いまのところは。これは自分でやったこと。でも、いまはそのことを話している場合じゃないわ。心配なのは、エラゴンのことだけ」

〔エラゴンは帝国に残ることを選んだ〕とサフィラはいった。

ナスアダは耳をうたがい、動くことも考えることもできなくなった。次に、絶望感がどっとおしよせてきた。まわりもさまざまな反応をしている。サフィラはみんなにむかって同時に話しかけていたのだ。

「どうして……どうして彼に残ることをゆるしたの？」ナスアダはいった。

サフィラは鼻を鳴らし、鼻孔から炎の舌をふきだした。〔エラゴンが自分で決めたこと。わたしにとめることはできない。自分やアラゲイジアがどうなろうと、正しいと思うことをするといいはっている……エラゴンの体をひなのようにゆさぶることもできたけれど、わたしはエラゴンを誇りに思っている。恐れなくともよい——エラゴンは自分のめんどうは自分でみられる。いまのところ、彼の身になにも起きていない。傷つけばわたしがわかるから〕

アーリアが口を開いた。「でも、エラゴンはなんのためにそのようなことを?」

〔言葉で説明するより見せたほうが早い。よろしいか?〕

一同はそろって同意をしめした。

サフィラの記憶の川がナスアダのなかに流れこんできた。雲の重なりの上から、黒いヘルグラインドが見えた。

エラゴン、ローラン、サフィラが襲撃法を話しあっているのが聞こえる。ラーザックの棲みかを発見した。レザルブラカを相手にサフィラが勇ましく戦う。

次々あらわれる映像に、ナスアダは魅了された。こんなものは見たことがない――ガルバトリックスの支配する辺境の荒れ地も、こんな光景も、目にするのは初めてだった。

最後にエラゴンとサフィラの対峙がおとずれた。サフィラはかくそうとしたが、エラゴンを置いていくことへのサフィラの苦悶は痛いほどに伝わってきて、ナスアダは腕にまいた包帯で頬をぬぐった。

しかし、エラゴンが残る理由――もうひとりのラーザックを殺し、ヘルグラインドを捜索するというもの――は、不十分に思われた。

ナスアダはまゆをひそめた。エラゴンは無鉄砲かもしれないけれど、洞窟をいくつか調べて、苦い復讐(ふくしゅう)の念を吐きだすためだけに、ヴァーデンの望みすべてを危険にさらすほど無謀ではない。なにかほかにも理由があるはず……ナスアダはもっとくわしくききたかったが、サフィラはそんな情報を気まぐれにかくしたりはしない。あとで個人的に話そうとしてるのかもしれない、とナスアダは思った。

「まったく！」オーリン王がさけんだ。「エラゴンめ、こんなときに勝手なことを。ガルバトリックスの大軍が、ほんの数キロ先までせまっているのに、たったひとりのラーザックを相手にしている場合か？ なんとしても連れもどさなければ」

アンジェラが笑い声をあげた。五本の骨で靴下を編んでいる。編み針はカチャカチャ、キイキイと、風変わりだが一定のリズムをきざんでいる。「どうやって？ エラゴンが移動するのは昼間よ。でも、サフィラは人目を引いてガルバトリックスに報告されるところまるから、日のあるうちは飛べない」

「だが、エラゴンはわれわれのライダーだ！ 彼が敵陣のど真ん中にいるというのに、なにもせずぼけっと待っているわけにはいかない」

「わしも賛成ですな」ナールヒムがいった。「方法はさておき、エラゴンを無事に連れもどさなければ。族長フロスガーはエラゴンを部族に家族としてむかえいれた。部族の法と血に忠誠を誓ってくれたことで、わしらはエラゴンに恩義がある」

アーリアがひざをつき、ブーツの上部のひもをむすびなおしはじめた。

ナスアダはそれを見ておどろいた。

アーリアはひもを歯にくわえていった。「サフィラ、最後にエラゴンの意識にふれたとき、彼はどこにいましたか？」

〔ヘルグラインドへの入り口に〕

「エラゴンがどの道を進もうとしていたか、心当たりは？」

〔本人もまだわかっていなかった〕

アーリアはぱっと立ちあがった。「では、さがせるところはすべてさがしてみます」

シカのように飛びだすと、アーリアは風のように草地を横ぎり、北側のテントのあいだに走っていった。

「アーリア、だめよ！」さけんだときには、すでにエルフの姿はなかった。ナスアダは絶望にのみこまれそうになりながら、アーリアが走りさった方向を見つめた。中枢がくずれていく。ナスアダは思った。

ガルジヴォグが、体に合わない鎧のふちを引きさくかのようにぎゅっとつかんだ。

「レディ・ナイトストーカー、わしがあとを追ってもいいぞ。小さなエルフほど速く走ることはできないが、同じだけの距離は走ることができる」

「いえ……いいえ、ここにいて。アーリアなら、はなれていれば人間に見とがめられることはない。でも、あなたは農民に見つかった瞬間に、帝国兵に追われることになるわ」

「追われるのには慣れている」

「だけど、何百人という兵がうろつきまわっている帝国の真ん中では話がちがうわ。アーリアは自分でなんとかするでしょう。エラゴンを見つけてくれることを祈ります。エラゴンがいなければ、わたしたちに希望はなくなる」

09
脱出と逃走

エラゴンは地面をふみならした。

大股で走るリズムがかかとから全身に伝わる。振動にあわせて歯がカチカチ鳴り、距離を進むごとに頭痛がどんどんひどくなるようだ。単調なリズムに最初のうちはいらだったが、いつしか忘我の域に達し、考えることなく体だけを動かすようになっていた。

ブーツが地面をふむたび、もろい茎が折れる音が聞こえ、ひび割れた地面からほこりがまきあがる。このあたりは、少なくともひと月以上雨がふっていないようだ。乾燥した空気に、のどがひりひりする。いくら水を飲んでも、太陽と風で体の水分はたちまちうばわれる。頭が痛い。

ヘルグラインドはもうはるか後方だが、期待していたほどのペースでは進めていいなかった。何百人というガルバトリックスの——兵士、魔術師をふくむ——偵察隊がそこらじゅうをうろうろしていて、たびたび身をかくさなければならない。連中がエラゴンのことをさがしているのはまちがいなかった。昨晩は、西の地平線近くをソーンが飛んでいるのを見かけた。すぐさま意識を防御し、溝に飛びこんで、ソーンが地平線に消えるまで、三十分もじっとしていた。

エラゴンはなるべく整備された街道や小道を進むようにしている。この一週間で、イバラのしげみや丘陵をこえ、ぬかるんだ川をわたり、心身ともに限界が来ていた。早く体力を回復させたかった。いつかまた体を酷使するときが来るだろうが、いまはそのときではない。

街道を行くときは、ライダーの力で疾走することはできなかった——そもそも、走るのはやめておいたほうが賢明だ。このあたりには、かなりの数の村や離れ家が点在している。男がひとり、オオカミの群れにでも追われるように田舎道を全力疾走していたら、土地の人の興味と疑念をかきたてる。おびえて帝国に報告するかもしれない。そうなれば命とりだ。いまは正体を知られないことが、エラゴンにとって最大の防御なのだから。

エラゴンがいま走っているのは、もう五キロ以上も、ひなたぼっこをするヘビ以外に遭遇していないからだ。

一刻も早くヴァーデンにもどりたいというときに、放浪者みたいに道をとぼとぼ歩いていると、なんとも情けない気分になる。しかし、ひとりになれる時間がありがたくもあった。スパイン山脈でサフィラの卵を見つけて以来、エラゴンが本当の意味でひとりになったのは、これが初めてだった。つねにサフィラの意識を感じ、そうでなければブロムやマータグなどがそばにいた。四六時中だれかの干渉を受け、パランカー谷を発って数か月、ずっときびしい修行を続けてきた。息をつくのは移動中だけで、あとはつねに戦争の動乱のなかにいた。人生のなかで、こんなに長く神経を張りつめていたことも、こんなに大きな不安や恐怖にむきあっていたこともない。

エラゴンは孤独と、それがもたらす平穏を歓迎した。自分の声もふくめ、人の声が聞こえない静寂は、未来への恐怖を洗いながすやさしい子守唄のようだ。サフィラのようすを透視する気にもならなかった――遠すぎてたがいの意識にはふれられないが、サフィラになにかあれば、強い結びつきによってそれが伝わってくるはずだ。それに、アーリアやナスアダと接触をとり、うるさいことをいわれるのもいやだった。

いまはただ、鳥のさえずりや、草原や木々の葉をゆらす風の音に耳をかたむけていたかった。

エラゴンを夢想から引きもどしたのは、馬具のジャラジャラいう音と、重々しいひづめの音と、男たちの声だった。警戒して足をとめ、音がどの方向から来るのかたしかめようと、あたりを見まわした。近くの谷間から、二羽のコクマルガラスが飛びたった。

かくれられそうな場所は、ネズの小さなやぶしかない。エラゴンがたれた枝の下に走りこむと同時に、谷間から馬に乗った六人の兵士があらわれ、土ぼこりの道を駆けてきた。もう三メートルとはなれていない。ふだんなら、これほど接近する前に気配を感じるのだが、ソーンの姿をみとめてから、意識をとじていたのだ。

馬上の兵士たちは道の真ん中でなにかいいあっている。

「だからいってるだろう、なにか見えたんだ！」ひとりがさけんだ。背丈はなみで、赤ら顔に黄色いひげを生やしている。

鼓動が激しく打ちはじめ、エラゴンは呼吸をしずめようとした。ひたいに手をやり、頭にまきつけた布が、つりあがったまゆととがった耳をかくしているかたしかめた。鎧をつけておけばよかった、とエラゴンは思った。なるべく人目を引かないように、枯れ枝と放浪者からもらった帆布で背嚢をつくり、そのなかに鎧をしまってあるのだ。兵士に聞こえそうなので、いまは荷物をほどいて鎧を身につけるわけにはいかない。

黄色いひげの兵士が鹿毛の軍馬をおり、道路っぷちを歩きながら、地面やネズのやぶを調べはじめた。のたうつ炎が金糸で刺繍された赤いチュニックは、ガルバトリックスのすべての兵が身につけるものだ。兵士の動きにあわせて、金糸がきらきら光っている。装備は、兜、盾、革の胴鎧と、かんたんなものだ。末端の歩兵だろう。右手に槍をもち、左の腰に長剣をさげている。

兵士は拍車をカチャカチャ鳴らして近づいてくる。

エラゴンは古代語で複雑な呪文をつぶやきはじめた。むずかしい母音の連続で発音をまちがえ、一からやりなおすはめになった。

兵士がさらに一歩近づいてくる。

さらに一歩。

　兵士が目の前で足をとめたまさにそのとき、呪文が完成し、その効果でエネルギーがすいとられるのを感じた。

　だが、一瞬おそかった。兵士は「ははあ！」といって、木の枝をかきわけてエラゴンの姿をあらわにした。

　エラゴンは身動きしなかった。

　兵士はまっすぐエラゴンを見つめ、顔をしかめた。「なんだ……」とつぶやく。兵士のつきいれた槍が、エラゴンの顔のすぐ横をかすめた。爪が食いこむほどにぎりしめた手がぶるぶるふるえる。「なんだ、クソッ」と兵士はいって、かきわけた枝を放した。枝はしなってもとにもどり、ふたたびエラゴンの姿をかくした。

「なんだったんだ？」別の兵士がよびかけた。

「なんでもない」兵士は仲間たちのもとにもどっていった。兵士は兜をはずし、ひたいをぬぐった。「目の錯覚だよ」

「あのブレーザンのクソ野郎はおれたちになにをさせたいんだ？　ここ二日というもの、こっちは一睡もしてないってのに」

「ああ。王はおれたちをこき使いたくてたまらないんだろうよ……正直いって、さがす相手がだれであれ、見つけたくないよ。びびるわけじゃないが、ガルバトリックスをためらわせるような相手だ、おれたちの手には負えないぜ。謎の逃亡者さがしは、マータグとあの怪物ドラゴンにまかせようじゃないか、ええ？」

「さがす相手がマータグならまた話は別だぜ」第三の兵士がいった。「あのモーザンの息子のいったこと、おまえもちゃんと聞いてたろ」

兵士たちのあいだに気まずい沈黙が流れた。

やがて歩いていた兵士が馬に飛びのり、手綱をまきとっていった。「口を慎め、ダーウッド。おしゃべりがすぎるぞ」

それを合図に、六人の兵士たちは馬を北へ進めた。

馬の駆ける音が遠ざかると、エラゴンは魔法をとき、こぶしで目をこすり、その手をひざにのせた。低く尾を引く笑い声が口からもれた。パランカー谷での暮らしにくらべ、いまの自分の状況があまりに異様で、考えるとおかしくなる。エラゴンは頭をふった。まさかぼくの身にこんなことが起こるとはね。

エラゴンが使った魔法はふたつの役割を果たしていた。ひとつは、体のまわりの光線をゆがめて、姿を見えなくすること。ふたつめは、魔法を使っていることをほかの魔術師にさぐられないようにすること。この魔法の大きな欠点は、足あとはかくせないこと――そのため、石のようにじっとしていなければならない――と、影を完全に消しされない場合がある、ということだ。

エラゴンはやぶから這いでると、大地に横たわったまま、兵士たちがあらわれた谷間に顔をむけた。エラゴンの頭のなかを、ひとつの疑問が占めていた――

マータグはいったい、なにをいったんだ？

「ああっ！」

エラゴンは両手で空をかき、薄もやのような覚醒夢からさめた。エラゴンはくるりとあおむけになり、ハッといきおいをつけて立ちあがって身がまえた。

エラゴンは夜の闇にとりかこまれていた。頭上には、永遠に天空を動きつづける星がある。足もとには、虫一匹動く気配もなく、草をなでる風の音以外なにも聞こえない。

エラゴンはおそいくるものがあると確信し、あたりに意識をのばした。三百メートル四方をさがしたが、なんの存在も感じない。

ようやくエラゴンは手をおろした。胸が上下し、肌がほてり、体は汗をかいていた。頭のなかで嵐がうなりをあげ、きらめく刃と切りおとされた手足が渦まいている。一瞬、ファーザン・ドゥアーでアーガルと戦っているのかと思い、次の瞬間、バーニングプレーンズで人間たちと戦っているのかと思った。どちらの戦場もひどく生々しく、時間と空間をさかのぼる呪文でもとなえてしまったのかと思う。自分が殺した兵士とアーガルの前に立つ自分が見えた。あまりに鮮明で、彼らがしゃべりだしそうにさえ見える。エラゴンの体にはもう傷あとなど残っていないのに、いくつもの苦痛を体そのものがおぼえていて、剣や弓がつきささる感覚に身をふるわせる。

エラゴンはざらついたうめき声をあげ、ひざからくずれおちた。自分を抱きかかえて体をゆする。だいじょうぶ……だいじょうぶだ。エラゴンはひたいを地面におしあて、体を小さく丸めた。腹にかかる息が熱い。

「どうなってしまったんだ？」

カーヴァホールでブロムが語った叙事詩には、過去の英雄たちがこんな幻に苦しめられるという話はひとつもなかった。ヴァーデンの戦士たちのなかにも、流してきた血に悩まされている者はいないようだ。ローランは人を殺すのがいやだといったが、真夜中に悲鳴をあげて目をさますようなことはないはずだ。

ぼくは弱いんだ、とエラゴンは思った。男はこんなふうに感じるべきじゃない。ライダーはこんなふうに感じるべきじゃない。わかってる、ギャロウやブロムなら、こんなふうにはならなかった。ふたりともすべきことをした。それだけだった。そのことでめそめそしたり、くよくよしたり、歯ぎしりしたりしなかった……なのに、ぼくは弱い。

ぱっと身を起こし、エラゴンは心を落ちつかせようと、草地の周辺をしばらく歩きまわった。三十分後、胸ぐらをつかまれるような不安と、皮膚の下を無数のアリが這うようなむずがゆさを感じたまま、かすかな物音にも神経をとがらせながら、荷物をつかんで道を走りだした。見しらぬ闇になにがひそんでいても、猛然と走る足音をだれかに聞かれてもかまわない。

エラゴンはただひたすら悪夢からのがれようとした。頭がはたらかず、理性でパニックをおさえることもできなかった。唯一のたのみは、動物の本能を信じることだけだ。それがいま、動けと命じている。ひたすら走りつづければ、そのことに没頭できるかもしれない。手をおしだすことが、地面をふむ足音が、腕をしたたる冷たい汗が、あらゆる無数の感覚が、その重みと数で、悪夢をわすれさせてくれるかもしれない。

おそらくは。

ムクドリの群れが、海を泳ぐ魚のように午後の空をわたっていった。

エラゴンは目を細めてそれを見ていた。パランカー谷では、冬が終わりムクドリがもどってくるとき、すさまじく大きな群れをつくり、空が暗くなることもあった。これはそんなに大きな群れではないが、夕暮れどき、家のポーチでギャロウとローランとハッカ茶を飲みながら、頭上をバサバサと飛びまわる黒い影をながめたことを思い出す。

エラゴンはぼうっとしたまま足をとめ、岩にこしかけてブーツのひもをむすびなおした。

天気は変わっていた。空気は冷たく、西の空にうかぶ灰色のシミは嵐を予感させる。あたりは、コケとアシと青草が深く生いしげっている。何キロか前方の平地に、丘が五つ見えた。真ん中の丘はオークの木々でおおわれている。ぼんやりかすむ緑の丘の上に、過去にいずれかの種族が建てた廃墟の、くずれかけた壁が見えた。

エラゴンは好奇心をおぼえ、その廃墟で休んで腹ごしらえすることにした。あたりに獣はたくさんいそうだし、食糧さがしは探検の口実にもなる。

一時間後、エラゴンは最初の丘のふもとにたどりついた。そこには四角い石の敷かれた古い道の名残があった。その道をたどり、慣れ親しんだ人間やエルフやドワーフの建築物とはちがった奇妙な建物をながめながら、廃墟へむかっていった。

真ん中の丘をあがっていくと、オークの木かげはひんやりしていた。頂上付近になると、地面が平らになり、やぶが開け、広々した湿原に出た。くずれた塔はそこに建っていた。塔の下部は太く、木の幹のようなうねがある。塔は先細りしながら十メートル近くのび、するどくぎざぎざと断ちきれている。塔の上半分は完全にくずれおちていた。

エラゴンはわくわくした。たぶん、これはライダーが滅亡するずっと前に建てられたエルフの居留地だ。こんな建物をつくろうとするのも、その技術があるのも、エルフ以外の種族ではありえない。

ふと、湿原のむこうに菜園が見えた。

男がひとり、生えそろった作物のあいだにしゃがみ、エンドウのまわりの雑草をぬいている。うつむいた男の顔は影でおおわれている。白髪まじりのひげはやたらと長く、からまった毛糸のようにひざの上にたれている。

顔もあげずに男はいった。「エンドウの手入れを手伝ってくれるのかね？ 手伝うのなら、なかで食事をごちそうするが」

どうしていいかわからず、エラゴンは躊躇した。でも、隠遁の身の老人をこわがる必要なんかあるだろうか？ エラゴンはそう思って、菜園に近づいた。「ぼくはバーガン……ギャロウの息子バーガンです」

男はもごもごいった。「インヴァーの息子テンガじゃ」

エラゴンが荷物を地面におろすと、なかの鎧がカチャカチャ音を立てた。

次の一時間、エラゴンはテンガといっしょにもくもくと働いた。長居は禁物とわかってはいたが、作業は楽しかった——そのあいだはよけいなことを考えなくてすむ。雑草をとりながら、エラゴンは意識をのばして湿地の生物に接触した。生き物たちとの一体感を喜んで受けいれた。

エンドウのまわりの雑草、スベリヒユ、タンポポをひととおりぬきおわると、エラゴンはテンガのあとについて塔の正面のせまい扉を通りぬけ、広々とした台所と食堂に入った。部屋の中央には、二階までらせん階段が続いている。書物や巻物、ひもでむすばれた上質の皮紙の束が、壁と床の大部分を占領していた。

テンガは暖炉のなかに積みあげた木の枝を指さした。パンと破裂音を立て、薪が燃えあがる。エラゴンは意識と体、両方で身がまえた。

相手はエラゴンの反応に気づかないようすで、せかせかと台所を動きまわり、マグカップ、皿、ナイフを出し、いろいろな残り物を集めて昼食の用意をしている。そのあいだじゅう、テンガは小声でなにやらつぶやいている。

感覚をとぎすましたまま、エラゴンは手近な椅子に腰をおろした。テンガは古代語を口にしなかった、とエラゴンは思った。頭のなかで呪文をとなえたとしても、ただ料理の火をおこすために、命の危険をおかすなんて！

オロミスから教わったように、言葉は魔法をつくりだしてあやつるための手段だ。動機となる言葉なしに魔法を使えば、雑念や感情によって結果をゆがめてしまうおそれがある。

エラゴンはテンガについて知る手がかりを求め、廃墟のなかを見まわした。古代語の文字が書かれた巻物が広げてあった。それはエラゴンがエレズメーラで学んだものに似た、真の名の一覧表だ。魔術師なら、のどから手が出るほどほしがる文献だ。それがあれば、呪文に使う新しい言葉をおぼえられるし、そこに自分が発見した言葉を記録しておくこともできる。だが、そうした一覧表はきわめて希少なうえ、持ち主が手ばなそうとしないため、手に入れるのは不可能に近い。

となると、テンガが一覧表をもっているというのは、きわめて不思議なことだ。おどろいたことに、部屋のなかには、さらに六つの一覧表に加え、歴史、数学、天文学、文学の書物まである。

エールの入ったマグカップとパンにチーズ、冷製ミートパイののった皿がエラゴンの目の前にあった。テンガがエラゴンの鼻の下に皿をさしだしていた。

「ありがとう」エラゴンは食器を受けとった。

テンガはなにもいわず、暖炉の横に足を組んですわった。昼食をとりながらも、あいかわらずひげのなかでもごもごとつぶやきつづけている。

エラゴンが料理をすっかり平らげ、うまいエールを最後の一滴まで飲みほし、テンガも食事を終えるころ、エラゴンはたずねずにいられなくなった。「この塔はエルフが建てたんですか？」

そんな質問をする人間の知性をうたがうとでもいうように、テンガはするどい目つきでエラゴンを見つめた。「そうじゃ。器用なエルフがエダー・イシンドラを建てた」

「あなたはここでなにをしてるんですか？　ひとりきりなの？　それともだれか――」

「わしは答えをさがしとるんじゃ！」テンガはわめいた。「とざされた扉を開くカギ、樹木と草花の秘密を。炎、熱、稲妻、光……たいていのやつらは、無知ゆえにその問いを知りもせん。残りはその問いを知りながらも、答えの意味するところを恐れておる。フン！　わしらは何千年も、野蛮人のように生きてきた。野蛮人じゃぞ！わしがそれを終わらせてやる。光の時代の導き手となり、みなはわしの偉業をたたえるようになるんじゃ」

「教えてください。具体的に、なにをさがしてるんですか？」

テンガは顔をゆがめてしかめつらをつくった。「おまえは問いを知らんのか？　知っとるものと思っとったが。まちがいだったようじゃな。だが、わしのさがしもとめているることはわかっておるはずじゃ。おまえはわしとは別の答えをさがしとるようだが、さがしとることに変わりあるまい。わしの心のなかで燃えているのと同じたいまつを燃やしとるんじゃ。わしらがどれだけ犠牲をはらって答えを見つけたか、同じ放浪の民以外にだれが理解してくれようぞ？」

「なんの答えですか？」

「わしらが選んだ問いの答えじゃ」

この人は頭がおかしいんだ、とエラゴンは思った。なにかテンガの気をそらせる物はないかとあたりを見まわし、涙形の窓の桟にならんだ小さな木彫りの動物に目をとめた。「あれ、かわいいですね。だれがつくったんですか？」

「彼女だ……いなくなる前に。あれは物をつくるのが好きだったんじゃよ」テンガはぱっと立ちあがり、左手の人さし指の先をひとつめの像の上に置いた。「これはしっぽをまいたリス、明るくすばしこく、にんまりと笑っとる」テンガの指は次の像へ動く。「こいつは獰猛なイノシシ、するどい牙で死のひとかみ……こっちのオオガラスは……」

テンガはエラゴンがあとずさり、扉の掛け金をはずしてエダー・イシンドラからこっそり出たのにも気づかなかった。エラゴンは荷物を背負い、オークの木の丘を駆けおり、五つの丘と、そこに住む頭のおかしな魔術師に別れを告げた。

その日から翌日にかけて、道行く民の数はしだいにふえていった。人々がかたまって続々と丘をこえてくるかのようだ。大半は避難民だが、兵士や商売人の姿もある。エラゴンは、できるかぎり人目をひかぬよう、あごをえりにおしこんで歩くようにした。

だがそうしているうち、メリアンから三十キロほど北のイーストクロフトの村で夜を明かすはめになった。本当は村からじゅうぶんはなれたところで道をそれ、くぼ地か洞穴で野宿するつもりだったのに、距離を見あやまり、村に近づきすぎたと気づいたときには、武装の兵士三人がそばを歩いていた。一時間たらずでイーストクロフトに入って、あたたかいベッドで眠れるのに、ここで道をそれたりしたら、どんなに鈍感なやつでも、なぜ村をさけるのかとあやしむはずだ。しかたなく、エラゴンは旅の理由をでっちあげ、口のなかで説明の練習をしながら歩いた。

先のとがった杭の柵にかこまれた村、イーストクロフトが見えてきたとき、太陽は地平線からほぼ消えかかっていた。村の門を入ったときには、あたりはもう暗かった。うしろで衛兵が武装した兵士たちに、道を歩いてくる者はまだいるかとたずねるのが聞こえた。

「いないと思うが」

「それならよかった。いまから来ても、門を入るのは明日になる」衛兵は門の反対側に立つ仲間にむかってさけんだ。「閉門だ！」

ふたりの衛兵は五メートル近い高さの鉄張りの扉をおしてしめ、エラゴンの胸まわりほどもありそうな太いオーク材四本でかんぬきをかけた。

包囲攻撃でもあるのか？　エラゴンはそう思ってから、苦笑した。いや、こんなときに用心しないほうがおかしいもんな。二、三か月前なら、エラゴンはイーストクロフトの村にとじこめられると不安になっただろう。しかし、いまは道具なしに壁をよじのぼることも、魔法で姿をかくして夜の闇に消えることもできる。とはいえ、疲れているし、魔法を使えば近くにいる魔術師に感づかれるかもしれない。エラゴンは今夜は村にとどまることにした。

村の広場へ通じるぬかるんだ道を歩きだしたとたん、夜警が近づいてきて、ランタンをつきつけた。「とまれ！　イーストクロフトに来るのは初めてだな？」

「はい」エラゴンはいった。

ずんぐりした夜警はうなずいた。「この村に家族か友人はいるのか？」

「いえ、いません」

「ならば、イーストクロフトになにをしに来た？」

「なにも。妹の家族をドラス＝レオナに連れて帰るため、南にむかえに行くところなんです」

夜警はなんの反応も見せなかった。

信じてないのかもしれない。エラゴンは思った。それとも、いつも似たような話ばかり聞いてるから、どうでもよくなったのか？

「宿屋は大井戸の近くにある。食事も寝床もある。いっておくが、イーストクロフトにいるかぎり、殺しや盗みや淫らな行為は厳禁だぞ。がんじょうな絞首台とさらし台が待ってるからな。わかるな？」

「はい、わかりました」

「よし、じゃあ気をつけて行け。おっと待った！　旅人よ、おまえの名前は？」

「バーガンです」

夜警はつかつかと歩いて、夜まわりにもどった。エラゴンは夜警のランタンが数軒の家屋のかげに消えてから、門の左手の掲示板に歩みよった。

何枚か貼られたおたずね者の人相書きの上にかさねるように、特大の羊皮紙が二枚打ちつけられていた。一枚はエラゴン、もう一枚はローランの顔だ。ふたりとも王に対する反逆者とされていた。エラゴンは人相書きを興味深く見つめながら、提示されている報奨に仰天した――ふたりを捕らえたものには、伯爵の位をあたえると書いてある。ローランの似顔絵はかなり似ていて、カーヴァホールを出てからのばしたひげまで描いてあるが、エラゴンの似顔絵は〈血の誓いの祝賀〉の前の、まだ完全に人間だったころの姿を描いたものだった。

いろんなことが変わってしまったな、とエラゴンは思った。

エラゴンは村のなかを目だたぬように進み、宿屋にたどりついた。宿屋の社交室は天井が低く、タールのシミのついた梁（はり）がわたされていた。黄色い獣脂ロウソクのやわらかな光がちらちらゆれ、重なりあう煙で空気がよどんでいる。床は砂とイグサでおおわれ、靴でふむとザクザクと音がする。左手にはテーブルと椅子と大きな暖炉があり、少年がブタの丸焼きの串をまわしていた。反対側にのびる長いカウンターは要塞さながら、酒好きの男たちの襲撃から、ラガーやエール、スタウトビールの樽を守っている。

社交室は六十人以上もの人でこみあっていた。ひとり旅のあとでは、がやがやとした会話はただでもやかましいのに、エラゴンはするどい聴覚のせいで、滝の真ん中に立っているような気がした。ひとつの声に集中するのはむずかしかった。一語、あるいは一文を聞きとったかと思うと、すぐに別の言葉にかきけされてしまう。部屋のかたすみで、三人組の吟遊詩人が喜劇版「愛しきダウスのエイスリド」を歌い演奏しているが、だれもろくに聞いていない。

騒音に顔をしかめ、エラゴンは人ごみを縫ってカウンターにたどりついた。給仕している女によびかけたいが、いそがしくてなかなか手があかない。およそ五分後、ようやくエラゴンのほうをむいて「ご注文は?」ときいてきた。髪がほつれて汗まみれの顔にたれている。

「部屋はありますか? 横になって眠れるなら、あいているすみっこでもいいんですが」

「あたしにはわかんないんだ。この宿屋の女主人にきいてみな。すぐおりてくるから」給仕の女は薄暗い階段を手でさした。

待つあいだ、エラゴンはカウンターによりかかって、客のようすを観察した。雑多な人が集まっている。半分はイーストクロフトの村人で、酒を飲みに来ているだけだろう。残りの大部分——家族連れも多い——は、安全な土地を求めて避難してきた人々だ。すりきれたシャツとよごれたズボン、背中を丸めてあたりをちらちらうかがっている。あとは赤いチュニックを着たガルバトリックスの兵士たち。旅人は兵士たちを見ないようにしている。兵士たちはひとときわさわがしかった。ビールをがぶがぶ飲み、うっかりそばを通る女給仕がいれば体をさわり、笑ったり奇声をあげたり、テーブルをたたいたり大さわぎだ。

だれも文句をいわないとわかっているから、あんなことを？　エラゴンは思った。権力を見せつけて楽しんでいる？　それとも、ガルバトリックスに無理やり徴兵されて、その恥と恐怖を消そうと、さわいでいるのか？

吟遊詩人たちが歌っている。

髪なびかせて、愛しきダウスのエイスリドは

エデル卿のもとへと走り、うったえた
「わたしの愛する人を自由にして
さもないと魔女があなたを毛だらけのヤギに変えるでしょう!」
エデル卿は笑っていった
「わたしをヤギに変えるなど、どんな魔女にもできやしないさ!」

客が動いて、それまで見えなかった壁ぎわのテーブルが目に入った。旅装束の女がひとりすわっている。黒いフードで顔が見えないが、酒で顔を赤くした農民四人にかこまれている。男はみな図体がでかく、首の皮膚が革のようにかたそうだ。ふたりはテーブルわきの壁にもたれて女を見おろし、ひとりは反対むきにした椅子にすわってにやにや笑い、四人目はテーブルに足をのせて身を乗りだしている。男たちはぞんざいな身ぶりをまじえながら、なにか話しかけている。
女の客がなにをいったのかは聞こえないが、男たちが顔をしかめ、オンドリみたいに胸をせりだした。おこっているのだろう。ひとりは女にむかって指をつきつけた。男たちは酔ってはいるが善良な農民に見える。カーヴァホールの祝宴で、こういう男たちをよく見たものだ。飲みすぎるとわかっていて失敗をくりかえす男たちを、ギャロウはさげすんでいた。「だいたい、楽しむためじゃなく、つらいことをわすれるために飲むなら、人に迷惑をかけないところで飲むべきだ」

女の左に立つ男が、いきなり手をのばし、女のフードをはらおうと手をかけた。と、女は目にもとまらぬ速さで男の手首をつかんではらい、すぐにもとの姿勢にもどった。社交室のなかでその動きに気づいた者は、手首をつかまれた本人もふくめて、だれもいないのではないかとエラゴンは思った。

フードが女の首のまわりにはらりと落ちると、エラゴンはおどろきでかたまった。女は人間だが、アーリアにそっくりだ。アーリアとのちがいは、目がネコのようにつりあがっていないことと、耳がとがっていないこと。アーリアと同じぐらい美しいが、アーリアほど異質でなく、親しみがもてる美しさだ。

ためらうことなく、エラゴンは意識でその女の人をさぐった。だれなのか、正体を知る必要がある。

女の意識にふれるなり、反撃を受け、集中力がとぎれた。

そのとき、頭のなかに耳をつんざくような大声がひびいた。〔エラゴン!〕

〔アーリア？〕

ふたりの視線が一瞬あい、また人ごみにさえぎられた。

エラゴンは、こみあう客をかきわけ、アーリアのテーブルに急いだ。人ごみからエラゴンがあらわれると、農民たちは不審の目をむけた。「よばれてもないのに割りこんでくるとは、失礼なやつめ。痛い目にあいたいか、え？」

できるだけおだやかな声でエラゴンはいった。「みなさん、その女はかまわれたくないようですよ。純情な女性の願いを聞いてあげないわけはないですよね？」

「純情な女性だって？」いちばん近くにいる男がいった。「純情な女がひとり旅なんかするもんかよ」

「なら、いいますが、ぼくは彼女の弟で、叔父と暮らすため、ふたりでドラス＝レオナへ行くところなんです」

四人の男たちは落ちつきなく目くばせした。三人ははなれていくが、いちばん大きな男が動かず、エラゴンの顔に酒くさい息を吐きかけた。「どうだかわかったもんじゃないぞ。あんた、おれたちを追っぱらって、この女とふたりきりになろうとしてんじゃないか？」

当たらずとも遠からずだな、とエラゴンは思った。

相手の男にしか聞こえないような静かな声で、エラゴンはいった。「ウソじゃない。この人はぼくの姉ですよ。お願いです、いいあらそうつもりはないんです。もう行ってもらえますか？」

「あんたが、ホラふき野郎じゃないとわかったらな」

「こんなことで口論しても意味がない。夜は長いし、酒もたっぷりある。音楽だって。こんなささいなことで争うのは、みっともないからやめましょう」

さいわい男は緊張をとき、さげすむように低くうめいた。「どのみち、おまえみたいな若造と争うつもりはねえ」男は背をむけ、仲間たちとカウンターのほうへ行った。

あたりに目をやりながら、エラゴンはアーリアのとなりにすべりこむようにすわった。「ここでなにをしてるんです？」ほとんどくちびるを動かさずにたずねる。

「あなたをさがしていました」

エラゴンがおどろいて目をあげると、アーリアはまゆをつりあげた。エラゴンは室内に視線をもどし、笑顔をつくろって問いかけた。「ひとりで？」

「もうひとりではありませんが……今夜の部屋は借りましたか？」

エラゴンは首をふった。

「よかった。わたくしが部屋を借りてあります。そちらで話しましょう」

同時に席を立つと、エラゴンはアーリアについて、社交室の奥の階段をあがっていった。きしむ階段をのぼり、二階の廊下に出た。ロウソクの明かりが、羽目板張りの通路をぼんやりと照らしている。

アーリアは右手のいちばん奥のドアまで進み、ゆったりしたマントのそでから鉄のカギをとりだしてなかに入ると、エラゴンが入るのを待ってドアをしめ、またカギをかけた。

奥の鉛枠の窓から、オレンジ色の光がかすかにさしこんでいる。イーストクロフトの町の広場につるされたランタンだ。その光で、右手の低いテーブルの上にオイルランプが置いてあるのが見えた。

「ブリジンガー」とささやき、指先から発する火花でランプの芯に火をともす。ランプがついても、室内はまだ暗かった。部屋は廊下と同じ羽目板が使われている。栗色の木材が部屋をせまく見せている。テーブルのほかには、せまいベッドがひとつあるだけだ。ベッドには小さな手荷物が置かれている。

エラゴンとアーリアはむきあって立っていた。

エラゴンは頭にまいた布きれをはずし、アーリアはブローチをはずしてマントをぬぎ、ベッドに置いた。下には深緑色のドレスを着ている。アーリアのドレス姿を見るのは初めてだ。

エラゴンがエルフに見え、アーリアが人間に見える。たがいの外見が逆転しているのはみょうな感じだった。アーリアへの敬意がそこなわれるわけではないが、いつもの違和感が薄れ、いっしょにいてもそれほどぎこちなさを感じない。

沈黙をやぶったのはアーリアだった。「ラーザックの息の根をとめ、巣窟のなかを調べるためにヘルグラインドに残った、サフィラからそう聞いています。それは真実ですか？」

「真実の一部です」

「では、すべての真実は？」

すべて話さなければアーリアが納得しないことは、わかっていた。「これから話すことは、ぼくの許可なしに口外しないと約束してくれますか？」

「約束します」アーリアは古代語でいった。

エラゴンは、スローンを発見したが、ヴァーデンに連れて帰らないと決めたこと、スローンにかけた呪いのこと、汚名をそそぎ、視力をとりもどすチャンスをあたえたことを話してきかせた。そして最後にこういった。「スローンが生きていることは、なにがあっても、ローランとカトリーナには知らせるわけにいかない。知れば、山ほど問題が出てくる」

アーリアはベッドのふちにこしかけ、ランプとゆれる炎をしばらく見つめていた。

「その男は殺すべきでした」

「そうかもしれません。でも、できなかった」

「あなたは臆病だった」

エラゴンはアーリアの非難に、顔をあげた。「ぼくが？　ナイフ一本あれば、だれだってスローンを殺すことができた。ぼくがやったことのほうがずっとむずかしい」

「肉体的にはそうでも、精神的にはちがいます」

「スローンを殺さなかったのは、それがまちがいだと思ったからです」エラゴンはまゆをよせて集中し、説明の言葉をさがした。「こわかったわけじゃない……それはちがう。さんざん戦ったあとでそんなことは……別の理由です。ぼくは戦場で人を殺す。でも、人の生死を独断で決める気はありません。だって、ぼくには経験も知識もない……アーリア、こえてはいけない一線というものがだれにでもあります。スローンを見ていて、ぼくには自分の一線がわかった。たとえガルバトリックスを捕らえても、ぼくは彼を独断で殺すつもりはない。ナスアダとオーリン王に引きわたし、彼らが死刑を宣告すれば、そのときは喜んで彼の頭を切りおとす。だけど、その前にはやりません。それを弱さとよぶならそれでいい。でも、ぼくはそういう人間なんだ。それをわびるつもりはありません」

「では、あなたは他人にあやつられる道具になるのですね？」

「最善をつくして人々に仕えるんです。人の上に立ちたいとは思いません。アラゲイジアにはもう独裁者はいらない」

アーリアはこめかみをさすった。「エラゴン、あなたにかかると、なぜすべてがそんなにも複雑になるのです？　あなたはどこへ行っても、みずからを苦境におとしいれているように見える。まるで国じゅうのイバラの道を通りぬけようとしているかのよう」

「あなたの母君にも同じようなことをいわれました」

「おどろきはしません……わかりました。しかたがない。どちらの意見も変わらないし、正義や倫理の話より、わたしたちにはもっとさしせまった問題がある。でもいずれはあなたも、自分が何者で、アラゲイジアの民にとってどういう存在なのか、しっかり自覚していただかなくては」

「わすれたことはありません」エラゴンは反応を待ったが、アーリアはその言葉を受けながした。テーブルのはしにこしかけ、エラゴンはいった。「さがしに来る必要なんてなかったのに。ぼくひとりでだいじょうぶだった」

「もちろん、わかっています」

「どうやってぼくを見つけたんですか？」

「ヘルグラインドからあなたがとりそうな進路を予測してみました。それで運よく、ここから西に六十キロほどの場所に行きついたのです。その距離なら、大地のささやきに耳をすませば、あなたの居場所を見つけだすことができる」

「どういうことです？」

「エラゴン、ライダーという存在は、この世界を気づかれずに歩くことはできないのですよ。聞く耳と見る目があれば、たやすくそのしるしを見つけられる。鳥はあなたのおとずれを歌い、大地の獣はあなたのにおいに気づき、草木はあなたの感触をおぼえています。ライダーとドラゴンの結びつきはとても強力なので、自然の力に敏感なものたちは、それを感じとれるのです」

「いつか、そのしかけを教えてください」

「身のまわりに存在するものに注意をはらうというだけ。しかけなどありません」

「だけど、どうしてイーストクロフトに来たんですか？　村の外で落ちあったほうが安全だったでしょう」

「やむをえずここに来ることになったのです。あなたも、進んでこの村に来る気ではなかったのでしょう？」

「はい……」エラゴンは旅の疲れをほぐすように、肩をまわした。眠気をこらえ、アーリアのドレスをさしていう。「ようやくシャツとズボンをやめたんですか」

アーリアの顔にかすかな笑みがうかんだ。「旅のあいだだけです。思い出せないほど昔からヴァーデンのなかで暮らしてきたけれど、人間が男女の区別をつけたがるということを、ついわすれてしまいます。わたしは四六時中エルフとしてふるまっているわけではないけれど、人間の習慣はどうしても身につかない。なにがよくてなにが悪いかなど、だれが教えてくれます？　母上が？　彼女はアラゲイジアの反対側で暮らしていて……」よけいなことをいいすぎたとでもいうように、アーリアはそこで話をもどした。「とにかく、ヴァーデンのもとを発つとすぐに、ふたりの牛飼いと遭遇しました。このドレスはその気の毒な夫婦から盗んだのです」

「よく似合ってます」

「魔法が使えることのひとつの利点は、仕立て屋を待つ必要がないということです」

エラゴンはふっと笑ってからたずねた。「これからどうしますか？」

「休みましょう。そしてあした、日の出前にイーストクロフトを出る。だれにも気づかれずに」

その晩はエラゴンがドアの前に横になり、アーリアがベッドを使った。エラゴンが敬意と礼儀をしめしたというより——どのみちアーリアにベッドを使わせただろうが——、用心のためにしたことだ。万が一だれかが部屋に入ってきたとき、女性のほうが床に寝ていたら、不審に思われるだろう。

空虚な時間がのろのろとすぎていくあいだ、エラゴンは頭上の梁をにらみ、あれこれと思いわずらわずにいられなかった。なんとかして落ちつこうとしても、心はつねにアーリアと、彼女と出あったおどろきと、スローンのことでいわれた言葉と、そしてなにより、彼女への感情に引きもどされる。この感情の正体は、自分でもよくわからない。アーリアといっしょにいたい気持ちはあるが、彼女はエラゴンの告白を拒絶し、彼の恋心は苦痛と怒りといらだちでそこなわれた。実らぬ恋とあきらめる気持ちはないのに、どうやって先に進めばいいかわからないことへのいらだちだ。

アーリアのおだやかな寝息を聞いていると、胸が痛くなった。こんなにそばにいるのに、近づくことができないのが苦しかった。チュニックのすそを指でねじりながら思った。つらい運命に身をまかせる以外、なにかできることがあればいいのに。

エラゴンは夜中までやっかいな感情と格闘していたが、ついに疲労に負けて、覚醒夢の抱擁に包みこまれた。二、三時間の断続的な眠りのあと、星の光が薄れはじめ、イーストクロフトを発つ時間になった。

ふたりは窓をあけ、桟から三メートル半ほど下の地面に飛びおりた。エルフの身体能力からすれば、たいした高さではない。飛びおりるとき、アーリアはドレスのスカートがまくれあがらないよう手でおさえていた。

ふたりほぼ同じ位置に着地し、杭でつくった防壁めざして、家々のあいだを駆けぬけた。

「みんな、ぼくたちがどこへ消えたか不思議に思うだろうな」走りながら、エラゴンはいった。「朝まで待って、ふつうの旅人みたいに発ったほうがよかったんじゃないですか?」

「長居は危険です。宿泊費ははらってあります。宿の主人の関心はそれだけです。明け方こっそり出ていこうが、意に介さないはず」がたつく荷車をよけてふたりがはなれ、またならんでからアーリアがいった。「なにより重要なのは、動きつづけること。同じ場所に長くいると、かならずガルバトリックスに見つかります」

村の外壁に着くと、アーリアはその周囲を歩き、すこしはみだしている杭を見つけた。両手で引っぱり、杭が重みに耐えられるかたしかめている。杭はゆれ、両どなりの杭にガタガタぶつかりながらも、もちこたえている。

「お先にどうぞ」アーリアはいった。

「いや、あなたが先に」

いらだったようにため息をつき、アーリアはドレスを軽くたたいた。「ドレスというものは、レギンスにくらべて風通しがいいものなのですよ、エラゴン」

彼女のいわんとしていることを理解して、エラゴンは頬がかっと熱くなった。頭上に手をのばし、杭を手と足でがっちりつかんで、よじのぼりはじめた。てっぺんまでのぼると、とがり杭の先にバランスをとって乗った。

「さあ、行きなさい」アーリアはささやいた。

「あなたがのぼるのを待ちます」

「そんなふうに――」

「夜警だ！」エラゴンは指をさした。薄暗がりのなか、そばの二軒の家のあいだに、ランタンの明かりがひとつうかびあがっていた。光が近づくにつれ、男の輪郭が金色に見えてきた。抜き身の剣を手にしている。

アーリアは杭をつかみ、亡霊のように音もなく、腕の力だけでのぼってきた。まるで魔法の力ですべっているかのようだ。じゅうぶん近づくと、エラゴンはアーリアの前腕をつかんで、柱のてっぺんに引きあげ、となりに立たせた。二羽のめずらしい鳥のように、ふたりはとがり杭の先にとまり、眼下を夜警が歩くあいだ、動きも息もとめていた。夜警はランタンを動かして左右を照らし、侵入者がいないか調べている。

地面を見ないでくれ。エラゴンは心のなかで祈った。それに、上もむくな！

ややあって、夜警は剣を鞘におさめ、鼻歌をうたいながらもどっていった。

エラゴンとアーリアは無言で柵のむこうに飛びおりた。草の斜面に転がって着地すると、荷物の鎧がガチャガチャ鳴った。エラゴンはすぐに立ちあがり、身を低くしてイーストクロフトをはなれ、灰色の闇を走りだした。アーリアはすぐうしろをついてきている。ふたりは農場をさけ、谷間と干あがった河床を走りつづけた。六回ほど、縄張りを荒らされておこった犬が飛びだしてきた。エラゴンは意識で犬をなだめようとも思ったが、もっといいのは、彼らの牙と爪がこわくて逃げるのだと思わせることだった。犬たちは吠えるのをやめ、したり顔でしっぽをふりふり、縄張りを守るべく納屋や小屋やポーチへもどっていった。そんな犬の自己満足が、エラゴンにはおかしかった。

　イーストクロフトから八キロほどはなれ、あたりに人気がなく、尾行もされていないことがわかると、エラゴンとアーリアは炭のようになった切り株のそばで休憩した。アーリアは地面にひざをつき、両手で土に穴を掘り、「アドゥーナ・リサ」ととなえた。まわりの土からちょろちょろと水がわきでて穴にたまっていく。水がいっぱいにたまるのを待ち、「レッタ」といって、水の流れをとめた。

アーリアが歌うような声で透視の呪文をとなえると、静かな水面にナスアダの顔があらわれた。アーリアは彼女にあいさつした。

「ナスアダさま」といって、エラゴンは頭をさげた。

「エラゴン」ナスアダは疲れているようだった。長患いでもしていたかのように、頬がこけている。束髪(そくはつ)の頭から毛がはらりと落ち、ひたいの上で丸まった。ナスアダは手を頭にやり、いうことを聞かない髪をはらおうとしたとき、その腕に包帯がぐるぐるまかれているのが見えた。「無事だったのね、女神ゴクカラに感謝します。本当に心配したわよ」

「おどろかせてごめんなさい。でも理由があったんだ」

「もどってきたら、説明してもらうわ」

「おおせのままに」エラゴンはいった。「腕をどうしたんです？　だれかにおそわれた？　なぜドゥ・ヴラングル・ガータの魔法使いに、治療をしてもらわないんです？」

「このままでいいと、わたしがいったのよ。それについては、もどってきたら説明します」わけがわからないが、エラゴンはうなずいて質問をのみこんだ。ナスアダはアーリアにむかっていった。「あなたには感心しました——本当に彼を見つけるとは。わたしは半信半疑だったのです」

「幸運の女神のおかげです」

「だとしても、女神の寛大さと同じぐらい、あなたの能力も大きな役割りを果たしたはず。どれぐらいでもどれそうですか？」

「予期せぬ障害にあわないかぎり、二、三日」

「わかりました。待っています。これから毎日、正午までに一回、日没までに一回は連絡してください。連絡がとだえたら、ふたりが捕らえられたものと考え、サフィラと救出部隊を送ります」

「人目のある場所にいるときは、魔法は使えません」

「なんとか方法を考えて。あなたたちの位置と安否は、つねに知っておかなければならない」

アーリアはすこし考えてからいった。「可能なかぎり、そうします。エラゴンを危険にさらすような場合をのぞいては」

「それでけっこうです」

会話がとぎれたのを見て、エラゴンはいった。「ナスアダ、サフィラはすぐそばにいるかな？　話がしたいんだけど……ヘルグラインドで別れて以来だから」

「サフィラは一時間前にあたりの偵察に行ったんだけど……もどってるかたしかめるあいだ、透視の魔法を続けられる？」

「ええ、どうぞ」アーリアはいった。

ナスアダは一歩で視界から消え、あとには赤いテントのなかの椅子とテーブルの静止画像が残った。エラゴンはしばらくテントの内装をながめていたが、落ちつかなくなり、アーリアのうなじへ視線をさまよわせた。ゆたかな黒髪は片側に集まっていて、えりのすぐ上のなめらかな肌が見えている。エラゴンはうっとりと一分近くそれを見つめ、やがて炭のような切り株に体をもたせかけた。

そのとき、メリメリッと木の折れる音がして、水たまり一面に青く輝く鱗（うろこ）があらわれた。サフィラがテントのなかに首をつっこんでいるのだ。ほんの一部しか映っていないので、それがサフィラの体のどの部分なのかわからない。水たまりのなかを青い鱗が通りすぎ、内もも、尾の突起、翼のたるんだ皮膜、光る牙の先が順に映しだされる。透視用の鏡をなんとかのぞきこもうと、サフィラが体をねじったり返したりしているのだ。背後でものすごい音がひびき、家具を大破したのだとわかる。やがてサフィラは、なんとか落ちつき場所を見つけ、頭を鏡に近づけ——水面を占める大きな片目でエラゴンをのぞきこんだ。

ゆうに一分間、どちらも身動きせず、たがいを見つめあっていた。エラゴンはサフィラに会えてどれほど自分がほっとしているかにおどろいた。サフィラと別れてから、エラゴンは心から安心したことがなかった。

「会いたかった」エラゴンはささやいた。

サフィラは一回まばたきをした。

「ナスアダ、まだそこにいる？」

サフィラの右側のどこからか、くぐもった声が聞こえてきた。「ええ、なんとかね」

「悪いけど、サフィラの意識を声に出して通訳してもらえないかな？」

「それはいいけど、翼と柱にはさまれて身動きがとれないの。わたしの声が聞きづらいかもしれないわよ。それでもよければ、やってみるわ」

「お願いします」

ナスアダはすこししてから、ふきだしそうになるほどサフィラそっくりの口調で、いった。「調子はどう？」

「牡牛のように元気だよ。おまえは？」

「わたしを牛と比較するなど、バカらしく無礼なこと。でも、元気かときたいのなら、いつもどおり元気。アーリアと会えてよかった。あなたには、分別のあるだれかがついていたほうがいい」

「まあね。ピンチのときの助けは、いつでも大歓迎だから」まわりくどい方法とはいえ、サフィラと話せるのはうれしかった。だが、そばにいるときのように自由に思考や感情をやりとりできず、言葉での会話はものたりない。おまけに、アーリアとナスアダに会話を聞かれていては、ヘルグラインドにひとり残ったことをサフィラがおこっていないかどうかなど、あまり内輪の話にはふれられない。サフィラのほうもそのことにはふれないので、やはりここでは話しにくいと思っているのだろう。あとはとるに足らない会話をして、別れのあいさつをした。水たまりからはなれる前に、エラゴンは指をくちびるに当て、声には出さずに〝ごめん〟と口を動かした。

サフィラの目もとがゆるみ、小さな鱗のまわりに細いすきまができた。そのゆっくりとしたまばたきで、サフィラはもうおこっていないとエラゴンに伝えた。

ナスアダに別れのあいさつをして、アーリアは魔法を解いた。立ちあがり、ドレスについた土を手の甲ではらう。

そのあいだ、エラゴンはこれまで以上にそわそわしていた。とにかく一刻も早く帰って、焚き火の前でサフィラと体を丸めて寝たかった。

「さあ、行こう」といいながら、エラゴンは歩きだしていた。

10
繊細な問題

地面から大きな石をもちあげたローランは、背中の筋肉がぴくぴくするのを感じた。

石を一度ももにあずけ、うなり声とともに頭上におしあげ、腕をまっすぐのばす。それからたっぷり一分、おしつぶされそうな重みに耐えていた。肩がふるえてきて、これ以上は耐えられないというところで、石を地面におろす。石はにぶい音を立てて、地面にひびを入れた。

両側では、ヴァーデンの戦士が二十人、同じような石をもちあげようと格闘している。成功したのはふたりだけだ。残りは、いつもの軽い石にもちかえた。ホーストの鍛冶場ではたらいた数か月と、長年の農作業のおかげで、十二のころから武器の訓練をしてきた男たちに負けない力がついていたことが、ローランは誇らしかった。

ローランは腕をふってほてりをさまし、何度か深呼吸をした。裸の胸にふきつける風が涼しい。右肩をあちこちさぐって、ラーザックにかまれたときの傷あとがきれいに消えていることを、またたしかめた。ローランはもとどおりの体にもどれたことがうれしくて、ニヤリとした。こんなこと、牛が踊るぐらいありえないと思ってた。

かん高い悲鳴が聞こえ、ふりかえると、アルブレックとバルドルが戦闘術の教官ラングを相手に剣の練習をしていた。ラングは肌の浅黒い、歴戦の勇士だ。二対一でもまったく引くことなく、訓練用の木刀でバルドルの武器をはらってあばらを打ち、アルブレックの足を打って地面にひっくりかえした。すべてがわずか二、三秒のできごとだ。

ローランはふたりに同情した――ローラン自身もラングとの稽古を終えたばかりだが、ヘルグラインドでの傷がせっかく消えたのに、新たな傷をいくつかこしらえてしまった。剣より槌(つち)のほうが使いやすいが、それでも状況に応じて剣も使えたほうがいい。しかし、熟練しないと、剣士は手首を強打されれば、防御すらできなくなる。

〈バーニングプレーンズの戦い〉のあと、ナスアダはヴァーデン軍に加わるようカーヴァホールの村人たちをさそった。彼らはみな申し出を受けた。ことわりそうな者たちは、バーニングプレーンズにむかうとちゅう、サーダのダウスに立ちよったとき、そこに残ることを決めたからだ。戦を経験した健康でじょうぶな男たちはみな、急ごしらえの槍と盾はすて、おのおのにふさわしい武器の使い方をおぼえ、どんな兵士にも負けない戦士になっていた。パランカー谷の住人たちはきびしい生活に慣れていた。剣をふりまわすぐらい、木を切りたおすことや、夏の暑さのなかでビート畑に鍬を入れることや、荒れ地を耕すことにくらべれば、はるかにラクだ。商売の得意な村人は、ヴァーデンでも商売を続けているが、戦の狼煙があがれば、全員が出陣することになっている。だからだれもが、あいた時間にはあたえられた武器の稽古にはげんでいる。

ヘルグラインドからもどって以来、ローランは訓練に全精力をつぎこんでいる。ヴァーデンの力となり、帝国、そして最終的にはガルバトリックスをたおすことが、村人たちとカトリーナを守るためのたったひとつの道だ。自分ひとりに戦の勝敗がかかっていると思うほど傲慢ではないが、自分なりに戦い方に工夫をして力をつくせば、ヴァーデン軍の勝利の可能性は増すはずだ。だが死ぬわけにはいかない。だから、自分より経験豊富な帝国兵にも負けないよう、体調を万全にして、戦いに勝つ技術を身につけなければならない。

演習場を横ぎり、バルドルと共有するテントにもどるとちゅう、ローランは草地を通りかかった。そこには、樹皮をはがし、毎日何千もの手でなでられ、つるつるになった五、六メートルの丸太が置かれている。ローランはつかつかと歩みよると、丸太の根もとの太い幹の下に手をさしいれ、ウーッとうめきながら丸太をもちあげ、まっすぐに立たせた。直立した丸太をおしてたおすと、こんどは先端の細い幹をもちあげて立たせる。こうして同じことをさらに二回くりかえした。

ローランは力を出しきると演習場をあとにして、灰色のテントがならぶ迷路のような道を、ロリングやフィスクや、声をかけてくる男たちに手をふりながら、急ぎ足で歩いた。「やあ、ストロングハンマー！」五、六人があたたかい口調でよびかけてきた。

「やあ！」とローランは答えた。会ったこともない相手が自分のことを知っているのは、みょうな感じだった。ほどなく、ローランはわが家となったテントに到着し、頭をかがめてなかに入り、ヴァーデンから支給された短剣と弓と矢筒をかたづけた。

ローランは寝具の横から水の入った革袋をとりあげ、明るい陽光の下へ急いでもどり、革袋のなかの水を背中と肩にかけた。いつもは入浴を怠りがちだが、今日は大切な日だ。さっぱりしたい。なめらかな棒の薄いへりを使って、腕と足と爪の下の垢をこそげとり、髪をとかし、ひげをととのえた。

まともになった自分の姿に満足し、洗いたてのチュニックを着て、ベルトに槌をさげ、野営地を歩きだそうとしたとき、テントのかげに立つバージットの姿に気づいた。鞘に入れたままの短剣をにぎりしめて、ローランをじっと見ている。

ローランは足をとめ、いつでも槌をつかめるよう身がまえた。命の危険がせまっているのはわかったし、いくら腕力に自信があるとはいえ、バージットがおそいかかってきたら、勝てる確証はない。ローランと同じで、彼女もまた敵に対しては、なみなみならぬ決意がある。

「前にあんたは力を貸してくれとあたしにたのんだ」バージットはいった。「そしてあたしは、ラーザックを見つけて亭主のクインビーを喰った復讐を果たすため、協力することにした。そういう取引だったね？」

「そうだ」

「それに、ラーザックを殺したあかつきには、あんたにクインビーの死の償いをしてもらうと約束した」

「ああ、おぼえてる」

バージットはこぶしに力をこめ、切迫したようすで短剣をひねる。きらりと光る鉄の刃が見え、短剣が鞘からかすかにもちあがり、またゆっくりとしずんでいく。「けっこう」バージットはいった。「わすれてもらっちゃこまるからね。償いはいつかしてもらうよ、ギャロウの息子。よくおぼえておくんだね」ふところに短剣をかくし、バージットはしっかりした足どりで去っていった。

ふうっと息を吐き、ローランは近くの椅子にすわり、胸をなでおろした。どうやらバージットに腹をえぐられずにすんだ。彼女の姿を見たときハッとしたものの、おどろきはしなかった。カーヴァホールを出て数か月間、バージットの意志はずっと感じていた。いつかは借りを返さなければいけない。

頭上をワタリガラスが飛んでいく。それを目で追ううちに、気持ちが晴れてきた。「まあ、いいさ」ローランは心のなかでつぶやいた。自分がいつ死ぬかわかってる人間なんてめったにいない。おれだっていつ死んでもおかしくないし、それをどうすることもできない。なるようにしかならないんだ。生きてる時間をくよくよ悩んでムダにはしない。不幸はいつも、それを待つ者の身にふりかかる。ようは、不幸と不幸のあいだの短い合間に、幸福をさがすことだ。バージットは自分の心の命じるままに行動するだろう。そのときが来たら考えよう。それしかないさ。

足もとに落ちている黄色っぽい石をひろって指のあいだで転がした。石に神経を集中し、声を発した。「ステンラ・リサ！」石は命令をきかず、親指と人さし指のあいだでぴくりともしない。ローランは鼻を鳴らして石を投げすてた。

ローランは立ちあがり、テントのあいだをぬけて野営地を北へ進んだ。歩きながら、もつれたえりひもをほどこうとしたが、うまくいかないままホーストのテントに着いた。ホーストのテントはふつうの倍の大きさがある。「こんにちは」と、声をかけ、二枚の垂れ布のあいだの支柱をコツコツたたいた。

赤褐色の髪をなびかせてカトリーナがテントから飛びだし、ローランに抱きついてきた。ローランは笑いながらカトリーナを抱きあげ、くるくるまわった。カトリーナの顔以外、まわりはすべてぼやけて見えた。地面におろすと、カトリーナはローランのくちびるに、チュッ、チュッ、チュッと三回キスをした。ローランはじっと立ったままカトリーナの目を見つめ、かつてないほどの幸せを感じていた。

「あなた、いいにおいがする」カトリーナはいった。

「体調はどうだい?」ローランの幸福感を唯一くもらせるのは、監禁のあいだにカトリーナがやせ細り、肌が青白くなってしまったことだ。ラーザックをこの世に連れもどし、カトリーナと彼女の父親と同じ苦痛を味わわせてやりたくなる。

「あなたは毎日そうきいて、わたしは毎日『よくなってる』と答える。あせらないで。わたしはちゃんともとどおりになる。時間がかかるだけ……いちばんの治療法は、お日さまの下であなたといっしょにいることよ。ものすごく効果があるんだから」

「おれの望みはもっとほかにもあるんだがな」

カトリーナは頰を赤らめ、頭をそらして、いたずらっぽい笑みをうかべた。「まあ、あなたって大胆な人ね。大胆すぎるわ。ふたりきりにならないほうがいいかも。勝手なマネをされるところまるから」

カトリーナの明るい返事に、ローランは胸をなでおろした。「勝手なマネ? どうせきみにはとっくに、ろくでもない野郎だと思われてるんだ、その勝手なマネとやらを楽しませてもらうぞ」ローランはカトリーナに口づけた。くちびるがはなれたあとも、カトリーナはローランの腕のなかにいた。

「もう」カトリーナは息を切らしていった。「あなたにはなにをいってもムダなのね、ローラン・ストロングハンマー」

「そうさ」ローランはカトリーナのうしろのテントをあごでさし、声を落としてたずねた。「エレインは知ってるのかい？」

「自分の妊娠のことで頭がいっぱいじゃなければ、気づいたでしょうけど。カーヴァホールからの旅のストレスがあって、おなかの赤ちゃんのことが心配なの。一日じゅう具合が悪くて……なんだかいやな痛みがあるようで。ガートルードが看病してるけど、なかなかよくならないみたい。いずれにしても、エラゴンには早くもどってきてほしいわ。この秘密、いつまでかくしておけるか自信がない」

「きみならだいじょうぶさ」ローランはカトリーナをはなし、チュニックのすそをぴんと引っぱった。「おれのかっこう、どうだい？」

カトリーナはローランの身だしなみをチェックし、指をぬらして髪をうしろになでつけ、えりひものもつれを直しながらいった。「もっと身だしなみに気をつかうべきね」

「服で死ぬことはないさ」

「ねえ、いまは状況がちがうのよ。あなたの従弟はドラゴンライダーなんだから、あなたもそれなりのかっこうをすべきなの。みんなの目があるんだから」

カトリーナが満足するまで、ローランはされるがままでいた。じゃあまたとカトリーナにキスをすると、ローランは八百メートルほど歩いて、野営地のなかほどにあるナスアダの赤いテントに着いた。テントのてっぺんで、黒い盾と二本の剣がならぶ図柄の旗が、あたたかい東風にはためいている。

テントの外には、人間二名、ドワーフ二名、アーガル二名の、計六名の警備兵が立っていた。ローランが近づくと、彼らはかついでいた武器をさげて道をふさぎ、がっしりした体格のアーガルのひとりが黄色い歯を見せて問いかけた。

「おまえはだれだ？」アーガルの発音はかなり聞きとりにくい。

「ギャロウの息子、ローラン・ストロングハンマー。ナスアダさまによばれて来た」

アーガルはこぶしで胸あてをたたいて大きな音を立て、声を張りあげた。「レディ・ナイトストーカー、ローラン・ストロングハンマーが謁見を求めています」

「通しなさい」テントのなかから返事があった。

　戦士たちが剣をすこしもちあげると、ローランはその下を用心深くくぐった。ローランも戦士たちも、たがいに目をそらさない。そこには、いつなんどき戦いあうとも知れぬ男同士の、超然とした空気が流れていた。

　テントに入ると、あらゆる家具がこわれてひっくりかえっている。ローランはおどろいた。被害を受けていないのは、柱にすえつけられた鏡と、ナスアダ用の大きな椅子だけだ。あたりのようすを気にしないようにして、ローランはひざまずいた。

　ナスアダの容貌も雰囲気も、ローランの故郷の女性たちとは大きくかけはなれていて、ローランはどうふるまえばいいのかよくわからなかった。刺繡模様のドレス、髪に金の鎖をつけた姿は、どこかよそよそしく横柄な感じだ。浅黒い肌は、うしろの帆布の色のせいで、いまは赤みがかって見える。それらとは対照的にきわだって見えるのが、前腕を包む亜麻布の包帯。〈ナイフの試練〉で見せた、彼女のおどろくべき勇気の証だ。

　カトリーナとともにここへもどってからというもの、ヴァーデン内はナスアダの偉業の話題でもちきりだった。ローランもナスアダのその一面だけは理解できた。大切な人を守るためなら、自分も同じ犠牲をいとわない。たまたま守る相手が、ナスアダの場合は何千人という集団で、ローランの場合は家族と村というだけだ。

「お立ちなさい」ナスアダはいった。

ローランは立ちあがり、ナスアダのさぐるような視線を感じながら、槌の頭に手をのせて待った。

「ローラン、立場上、わたしは率直な意見をそのまま口にすることはあまりないのですが、今日は思ったままをいわせてもらいます。あなたは正直な意見を好むようですし、ゆっくり話している時間もありません」

「ありがとうございます。言葉遊びは苦手です」

「よろしい。では遠慮なくいわせてもらいますが、あなたはわたしにむずかしい問題をふたつもたらした。どちらもかんたんに解決できそうにありません」

ローランはまゆをひそめた。「どういう問題ですか？」

「ひとつは性格的な問題で、ひとつは政治的な問題です。あなたがパランカー谷から村人を率いて脱出してきたことは、すばらしい功績です。勇猛果敢で、戦う能力にも戦略にも長け、人々を鼓舞し、絶対的な忠誠をもってしたがわせることができる」

「たしかに村人たちはついてきてくれたけど、つねに疑問をもっていたはずです」

ナスアダの口もとに笑みがうかんだ。「そうかもしれません。ですが、それでもあなたは彼らをここまでみちびいた。ローラン、あなたには貴重な才能があります。ヴァーデンにとって、あなたは役に立つ。わたしたちのために、働いてくれるのでしょう?」

「はい」

「ガルバトリックスは軍勢を分け、南はアロウ、西はファインスター、北はベラトーナに増援部隊を送りこみました。戦を長びかせ、わたしたちがからからに干からびるまで消耗させるのがねらいです。ジョーマンダーもわたしも、体がひとつしかない。ヴァーデン内で生じるありとあらゆる問題に対処するため、信頼のおける隊長が必要なのです。あなたなら、その資格があるかもしれない。でも……」ナスアダの声が小さくなっていく。

「おれが信頼できるかどうか、まだわからない」

「そう。友人や家族を守るために奮起できても、そうでない場合、あなたにどれだけのことができるのかわからない。神経がもつのか? 人を率いることができても、人にしたがえるのか? ローラン、あなたの人格をけなしているわけではないのよ。でも、アラゲイジアの運命がかかっているの。わたしの戦士たちを指揮するのに、不適格な人間を使う危険はおかせない。この戦いで、そんなあやまちはゆるされないわ。それに、正当な理由もなく、ヴァーデンに長くいる者たちをさしおいて上官にするわけにはいかない。だからあなたは、わたしたちの信頼を勝ちとる必要がある」

「わかりました。どうすればいいんですか？」

「あなたとエラゴンは兄弟同然。それでことはさらに複雑になってくる。あなたもわかってるでしょうけど、エラゴンはわたしたちの希望のかなめです。となれば、彼が任務に集中できるよう、よけいなことに気を散らさせたくはない。あなたが戦場で命を落とすようなことになったら、エラゴンは怒りと悲しみで錯乱状態になるでしょう。前にもそんなふうになるのを見たことがあります。また、あなたの上官を選ぶにも、細心の注意をはらわなければならない。エラゴンに近づくために、あなたを利用しようと考える者がいるかもしれないから。これで、わたしの悩みが、かなり理解できたと思うけど。あなたの考えは？」

「アラゲイジアが危機にあり、この戦がそこまで激化しているなら、のんびりすわってはいられない。一兵卒としておれを使うのはムダです。あなたもそれはわかっているはずです。政治的な話のほうは……」ローランは肩をすくめた。「だれの部下になろうと、おれにはどうでもいいことだ。だれもおれを通じてエラゴンに近づくことはできない。おれの関心は、家族や仲間が故郷にもどって平和に暮らせるよう、帝国をたおすことだけです」

「覚悟はできているのね」

「もちろん。このままカーヴァホールから来た者たちの指揮をしてはいけませんか？おれたちは家族同然だし、協力してうまくやっていけます。その方法でおれをためしてみてください。それなら、失敗してもヴァーデン軍に損失はない」

ナスアダは首をふった。「いいえ。将来的にはそれもいいでしょうが、いまはまだだめです。カーヴァホールの村人にはもっと訓練が必要です。それに、あなたの説得で故郷をすて、アラゲイジアを縦断してくるような忠実な人々にかこまれていたのでは、あなたの評価はできない」

ナスアダはおれを脅威とみなしてるんだな。ローランは思った。村のみんなに影響をあたえたおれの能力を警戒してる。ナスアダの警戒心をとりのぞくため、ローランはいった。「村の者たちは、それぞれ自分の判断で行動したまでです。村にとどまるのはおろかな行為とわかってたんです」

「ローラン、彼らのとった行動はそれだけでは説明できないわ」

「おれはどうすればいいんですか？　使ってくれるのか、使わないのか？　使ってくれるなら、なにをすればいいのか？」

「提案があります。魔術師の報告によると、けさ、ガルバトリックスの偵察隊の兵士二十三名が、東にむかったそうです。そこに、ストーンの伯爵〝赤ひげのマートランド〟率いる部隊を派遣しようと思っています。あなたさえよければ、マートランドの部下として彼にしたがい、いろいろと学んでもらいたいのです。マートランドがあなたを観察し、昇進に足る人物かどうかをわたしに報告します。彼はとても経験ゆたかな戦士で、わたしは全幅の信頼をよせています。ローラン・ストロングハンマー、この提案を、受けいれてもらえますか？」

「はい。でも、いつ出発して、どれぐらいここをはなれることになるんでしょう？」

「今日発って、二週間以内にもどってもらう」

「では、お願いしなければならない。二、三日待って、別の遠征部隊に参加させてもらえませんか？　エラゴンがもどってくるとき、ここにいたいんです」

「従弟を思う気持ちはすばらしいけれど、ことは急を要するもの。おくれるわけにはいきません。エラゴンのことは――吉報であろうとなかろうと――ドゥ・ヴラングル・ガータのだれかがかならずあなたに伝えます」

ローランは槌のとがったところに親指をこすりつけながら、ナスアダを納得させ、なおかつ秘密を明かさずにすむような返事を考えた。だが結局、それは不可能とあきらめ、真実を伝えることにした。「たしかに、エラゴンのことは心配だけど、あいつなら自分の身は自分で守ることができる。残りたいわけは、エラゴンの無事をたしかめるためじゃないんです」

「では、なぜです？」

「ぼくはカトリーナと結婚したいと思っています。そしてエラゴンに結婚式をとりおこなってもらいたいんです」

ナスアダが椅子のひじかけを爪で打ち、カチカチとするどく小さな音がした。「ヴァーデンの力になれるというときに、カトリーナとの結婚式をすこしばかり早く楽しみたいという理由だけで、ここにぐずぐずしていたい？　そんなことをわたしがゆるすと思ったら、大まちがいです」

「急を要するのです、レディ・ナイトストーカー」

ナスアダの指が宙でとまり、目が細められた。「急を要するとは？」

「カトリーナの名誉のために、一刻も早く式をあげたいのです。おれという人間をすこしでも知ってるなら、おれが自分のためにたのみごとなどしないということは、わかってもらえるはずです」

ナスアダは首をかしげ、肌に当たる光の位置が移動した。「なるほど……でも、なぜエラゴンに？　なぜ彼に式をとりおこなってもらう必要が？　ほかの人間——たとえば、村の年長者にたのむわけにはいかないのですか？」

「エラゴンはおれの従弟で大切な存在で、ライダーだからです。カトリーナはおれのためにほとんどすべてを失いました——家も、父親も、持参金も。そういうものはとりもどせないけれど、せめて思い出に残る結婚式をあげてやりたいんです。金も家畜もなく、贅沢（ぜいたく）な式はあげられない。だから、思い出になるように、そういうもの以外のなにか特別なものがほしいんです。ドラゴンライダーに式をあげてもらえたら、なによりも贅沢だと思ったんです」

ナスアダの沈黙があまりに長いので、出ていってほしいのかとローランが思ったときだった。「ドラゴンライダーに式をあげてもらうのは、たしかに名誉なことでしょう。でも、持参金もなく嫁ぐのでは、カトリーナにとってみじめな式になってしまう。トロンジヒームで暮らしていたころ、わたしはドワーフに多くの金や宝石をいただきました。ヴァーデンの軍資金にしてしまったものもあるけれど、女がひとり、この先何年もミンクやサテンを身につけられるぐらいは残っています。もしよければ、カトリーナにさしあげたい」

ローランはおどろいて、もう一度頭をさげた。「ありがとうございます。あまりに寛大なお心づかい、どうやってむくいればいいものか」

「カーヴァホールのために戦ったように、ヴァーデンのために戦うことでむくいてもらいます」

「誓います。ガルバトリックスは、おれのもとにラーザックを送りこんだことを、くやむことになるでしょう」

「すでにくやんでいるでしょう。さあ、行きなさい。エラゴンがもどり、あなたとカトリーナの式をあげるまで、ここに残ってかまいません。でも、その次の朝には、馬で出発です」

11 血のオオカミ

なんと誇り高い男だろう。テントを出ていくローランを見送りながら、ナスアダは思った。おもしろいのは、ローランとエラゴンは似ているところも多いけれど、性格はまったくちがうということ。エラゴンはアラゲイジアで最強の戦士のひとりだとしても、冷酷でも無情でもない。でも、ローランはもっときびしい人間だ。わたしに刃向かわないことを、祈るしかない——壊滅的な打撃でもあたえないかぎり、とめられない男だ。

ナスアダは包帯を調べ、まだよごれていないことに安心し、ベルを鳴らして食事をもってくるよう侍女のファリカに命じた。ファリカが出ていったあとで、エルヴァに合図した。エルヴァはテントの奥から出てきた。ふたりはいっしょに、おそい朝食をとった。

それから数時間、ナスアダはヴァーデンの最新の報告書を読みなおし、北に進軍するのに必要な荷車の数を割りだし、軍資金の額を計算することについやした。ドワーフとアーガルに伝言を送り、刀鍛冶に槍の穂先を追加発注し、毎週のようにしていることだが、長老会議に解散を警告し、あらゆるヴァーデンの雑事をかたづけた。

そのあと、ナスアダはエルヴァをともなって、愛馬バトルストームに乗り、ガルバトリックスの諜報組織〈黒き手〉の一味を捕らえ、尋問している最中のトリアンナのテントに立ちよった。

エルヴァといっしょにトリアンナのテントを出ると、北のほうでさわぎが起きていた。歓声とさけび声に続いて、テントのあいだから男が飛びだし、ナスアダのほうへ猛然と走ってくる。ナイトホークスが無言でナスアダをとりかこみ、ひとりアーガルの警備兵だけが、男の走ってくる道に棍棒をかまえて立った。男はアーガルの前で立ちどまり、息を切らしてさけんだ。「レディ・ナスアダ！　エルフが来ました！　エルフたちが到着しました！」

ナスアダは一瞬、頭が混乱し、イズランザディ女王とその軍のことをいっているのだと思った。だが、よく考えると彼らはシユノン近くにいるはずだ。いくらエルフでも、軍勢を率いて一週間たらずでアラゲイジアを縦断するのは不可能だ。男がいっているのは、女王がエラゴンの警護のために送りこんだ十二人の魔術師のことだろう。

「急いで、馬を」ナスアダは指をパチンと鳴らした。バトルストームに飛びのると、前腕が焼けるように痛む。エルヴァをそばのアーガルから引きとるや、ナスアダは馬にかかとを入れた。たくましいバトルストームははずむように駆けだした。ナスアダは馬の首の上におおいかぶさり、二列にならんだテントのあいだをぬけ、人や動物をかわし、行く手をふさぐ雨水桶を飛びこえ、全速力で馬を走らせた。

人々はエルフを見物しようと、笑いながらナスアダのあとを追ってくる。

野営地の北の入り口に着くと、ナスアダとエルヴァは馬をおり、地平線に目をこらした。

「あそこ」エルヴァが指さした。

三キロほど先に、ネズの木立が朝の陽炎にゆらめいて見え、そのうしろから十二のすらりとした人影があらわれた。エルフたちは足なみをそろえ、疾風のようにかろやかに駆けてくる。足もとに土ぼこりもあがらず、まるで飛んでいるかのようだ。ナスアダは頭皮がぴりぴりするのを感じた。エルフの速さは美しくもあり、異様でもあった。捕食動物の群れが、獲物を追いかける姿を思わせる。ナスアダは、ビオア山脈で巨大オオカミ、シュルグを見たときにも似た危機感をおぼえた。

「なんともいえない光景でしょう?」

アンジェラの声に、ナスアダはおどろいた。薬草師がこっそりしのびよっていたことにとまどい、いらだちをおぼえた。エルヴァがなぜ教えてくれなかったのかと思う。「あなたって、どうしていつも、おもしろいことが起きそうなところに、あらわれることができるの?」

「そうねえ、いまなにが起きてるかは知っておきたいし、だれかに教えてもらうのを待つより、現場に行ったほうが早いから。それに、人はいつも大事な情報を伝えわすれるでしょ。たとえば、だれかの薬指が人さし指より長いとか、身を守る魔法の盾をもっているかどうか、とか、彼らが乗るロバの頭にはオンドリ形のまだらがあるかとか。そう思わない?」

ナスアダは顔をしかめた。「あなたはぜったいに自分のことを明かさないのね」

「だって、そんなことをしてどんな得がある?　みんながつまんない魔法に大さわぎしたあと、あたしが何時間もかけて説明しようとして、それで結局、オーリン王があたしの頭を切りおとしたくなって、ヴァーデンの魔術師と戦いながら逃げるはめになったら？　そんなのバカバカしいでしょ」

「あなたの答えはまったくわけがわからない。でも――」

「レディ・ナイトストーカー、あなたは深刻に考えすぎよ」

「教えて」ナスアダはいった。「だれかの乗ってるロバの頭に、オンドリの形のまだらがあるかどうかなんてことを、どうして知りたいの？」

「ははあ、それね。そういうロバに乗ってる男が、〈指関節のサイコロゲーム〉であたしから、ボタン三つと、めずらしい魔法の水晶のかけらをだましとったのよ」

「あなたをだました？」

アンジェラはくちびるをすぼめ、見るからにうんざりしたようすだ。「指関節のサイコロには鉛をしこんであったの。そいつの分を鉛入りにすりかえておいたんだけど、あたしがうっかりしているあいだに、そいつが自分のサイコロと交換してたのよ……なんでだまされたのか、いまだによくわかんないのよね」

「じゃあ、ふたりともズルをしたってことね」

「貴重な水晶だったんだから！　それに、ズルをする相手にズルなんかできる？」

ナスアダが答えるまもなく、六人のナイトホークスが野営地から駆けてきて、まわりをとりかこんだ。兵士たちの体から放たれる熱とにおいに抱いた嫌悪感を、ナスアダはおしかくした。ふたりのアーガルの体臭がとくにきつかった。

思いがけず、その組の隊長であるガーヴェンという、ワシ鼻の屈強な男が、ナスアダに話しかけてきた。「ナスアダさま、内密にお話ししたいことが」彼は強い感情をおさえるかのように、歯をかみしめていった。

アンジェラとエルヴァが、席をはずそうかという顔で、ナスアダを見る。ナスアダがうなずくと、ふたりはジエト川のほうへ歩いていった。

ふたりがじゅうぶんはなれるのを待って、ナスアダが口を開きかけると、ガーヴェンはそれをさえぎってどなった。「ナスアダさま、われわれを置きざりにするとは、なにごとですか！」

「落ちつきなさい、隊長」ナスアダは答えた。「たいして危険なことじゃないし、エルフをここで出むかえることが、なにより重要と思ったのです」

ガーヴェンがこぶしで足をたたくと、鎖帷子（くさりかたびら）がジャラジャラ音を立てた。「『たいして危険はない』？　ほんの一時間前、ここにガルバトリックスの密偵がひそんでいるという証拠が見つからなかったとでも？　密偵はいつでも侵入することができるのに、あなたは平気で警備兵を置いて、暗殺者がどこにいるともわからぬ野営地を駆けていった！　アベロンでの襲撃や、父君が双子に殺されたことをおわすれですか？」

「ガーヴェン隊長！　過剰反応です」

「あなたの身をお守りするためなら、わたしはもっと過敏になります」

エルフたちがさっきの半分の距離まで野営地に近づいている。

ナスアダは腹が立ち、この会話を終わらせたい一心でいった。「隊長、わたしだって、自己防衛していないわけではありません」

エルヴァのほうをちらりと見やり、ガーヴェンはいった。「われわれもそのへんのところは予想していました」沈黙が続き、ガーヴェンはナスアダからくわしい事情を聞きたがっているようだ。ナスアダが無言をおしとおすと、ガーヴェンはいった。

「あなたがご無事なら、無謀などと責めるべきではありませんでした。おわびします。しかし、安全であることと、安全に見えるのはちがいます。ナイトホークスが効果を発揮するには、だれよりも賢く強く、そして手ごわい戦士でなければならないし、まわりにもそう信じさせねばならない。ナイフでも大弓も魔法でも、あなたをおそう者はかならず、われわれに阻止されると信じさせねばならない。あなたを殺そうとしても、ネズミがドラゴンを殺すぐらいの勝算しかないと思えば、敵はあきらめるでしょう。それで、われわれは指一本動かさず、攻撃を阻止できたことになる。ナスアダさま、われわれはあなたのすべての敵と戦うことはできません。それには一個師団の軍隊が必要です。あなたの死を願う者すべてが憎しみにまかせて攻撃してきたら、エラゴンでさえもあなたを守りきれないでしょう。百の襲撃、千の襲撃を生きのびても、いつかはだれかが目的を果たす。そんな事態をさけるには、ナイトホークスは鉄壁だと、あなたの敵に思いしらせてやるしかないのです。その評判こそが、剣と鎧同様にあなたを守るよすがとなります。となれば、あなたがわれわれぬきで馬を駆る姿など、人に見られてはいかんのです。あなたに追いつこうと必死になって走るわれわれは、まちがいなくマヌケの集団に見えたでしょう。つまり陛下、あなたがわれわれに敬意をはらってくださらねば、だれもわれわれに敬意をはらわんということです」

ガーヴェンは身を近づけ声を落とした。「われわれは、必要とあらばあなたのために喜んで死ぬ覚悟です。われわれに任務を果たさせてください。考えていただきたい、これはほんの小さなたのみです。われわれがそばにいることを喜んでいただける日がきっと来ます。あなたのもうひとつの防衛手段は人間だ。あの少女に神秘的な能力があろうと、人間というのはあやまちをおかしやすいものです。彼女はわれわれナイトホークスのように、古代語の誓いは立てていない。あの子の気持ちは変わるかもしれない。あの子が敵となったとき、ご自分の運命がどうなるかよくお考えなさるがいい。ナイトホークスはあなたをけっして裏切りません。われわれは完全にあなたのものだ。ですからお願いです、ナスアダさま、ナイトホークスに仕事をさせてください……あなたを守らせてください」

初めのうち、ナスアダは彼のいうことに無関心だったが、その熱心な話しぶりと整然とした理論に、心を動かされた。彼はもっとほかのことでも役だつかもしれないと思った。「ジョーマンダーはわたしの警護に、剣の腕前だけじゃなく、弁も立つ戦士を置いてくれたのね」ナスアダは笑顔でいった。

「陛下」

「あなたのいうとおりです。あなたたちを置きざりにして走るべきではありませんでした。あやまります。軽率でした。警備兵がずっとそばにいるという状況にまだ慣れなくて、自由に動きまわってはいけないことを時々わすれてしまうのです。名誉にかけて誓うわ、ガーヴェン隊長、二度と同じことが起こらないようにします。あなたが望む以上に、わたしはナイトホークスを機能不全にはしたくない」

「ありがとうございます、陛下」

エルフたちのほうをふりかえったが、その姿は五百メートルほど先の涸れた河床に入って見えなかった。「ねえガーヴェン、あなたのさっきいったこと、ナイトホークスの標語になりそうね」

「わたしがいったこと？　はて、そんなことといいましたか？」

「いいましたよ。『だれよりも賢く強く、そして手ごわい戦士』と。これはあなたたちの標語になるわ。『そして』はいらないけれど。ほかのナイトホークスの隊員の了解を得て、トリアンナに古代語に訳してもらいましょう。それをあなたたちの盾にきざみ、軍旗に刺繍するの」

「ありがたきお言葉。テントにもどったら、ジョーマンダーやほかの隊長と話しあってみます。ただ……」

ガーヴェンはいいよどみ、ナスアダは彼のためらいを察した。「その標語じゃ、あなたがたのような地位にある戦士には、くだけすぎじゃないかと思っているんでしょう？　もっと高尚な言葉にすべきではないかと」

「そのとおりです、陛下」ガーヴェンはほっとしたようにいった。

「その気持ちは、なんとなくわかるわ。ナイトホークスはヴァーデンを代表する警備隊。任務中、種族や地位を問わず、いろいろな者たちと協力しあわねばならない。彼らにあやまった印象をあたえてはいけないものね……わかりました、ふさわしい標語をあなたたちで考えてちょうだい。すばらしいものができることを期待しているわ」

そのとき、十二人のエルフが河床から姿をあらわした。

ガーヴェンは感謝の言葉をつぶやき、所定の位置にもどった。ナスアダは公式の客をむかえるべく心をしずめ、アンジェラとエルヴァにもどるよう合図した。

数十メートル先にあらわれたとき、先頭のエルフは頭からつま先まで、すすのように黒く見えた。ナスアダはそのエルフが、自分のように黒い肌に黒ずくめの衣裳（いしょう）を着ているのだと思った。だが近づくにつれわかったのは、彼が腰巻と、組みひものベルトと、そこからさがる巾着袋しか身につけていないことだ。残りの部分はダークブルーの毛皮が、まばゆい太陽をあびてつやつやと光っている。長さ五、六ミリの毛なみは、その下の筋肉の動きと形をきわだたせるしなやかな鎧のようだ。ただ、足首と前腕の内側の毛は、たっぷり五センチはあり、さらに、長さ十センチのたてがみが、肩甲骨のあいだから背骨のつけ根まで徐々に細くなりながらのびている。ぎざぎざの前髪がまゆまでたれ、とがった耳の先からネコのような毛のふさが生えている。顔のほかの部分の毛はごく短くなめらかで、色がなければ生えていることもわからないぐらいだ。目は明るい黄色。両手の中指からは、爪ではなく鉤爪がのびている。

毛皮のエルフがスピードをゆるめて目の前でとまると、独特のにおいがただよってきた。乾燥したネズの木や、油をぬった革や、煙を思わせる、ピリッとした麝香の香り。強く、男らしさを感じるその香りに、ナスアダは肌が熱いような冷たいような、くすぐったいような感覚になった。顔がかっと熱くなり、その反応が外にあらわれないことを願う。

残りのエルフはナスアダが想像していたとおり、アーリアと同じような姿かたちで、くすんだオレンジとマツ葉色の短いチュニックを着ていた。男エルフが六人、女エルフが六人。きらめく星のような髪の色の女エルフふたり以外は、みな真っ黒な髪だ。顔はシワひとつなくつやつやとして、年齢を見さだめることができない。ナスアダが、アーリア以外のエルフにじかに会うのは初めてだ。アーリアがエルフの典型なのか、かねがね知りたいと思っていた。

先頭のエルフが二本の指をくちびるに当てて頭をさげ、ほかのエルフもそれにならった。先頭のエルフが右手をねじって胸に当てていった。「アジハドの娘ナスアダよ、お目にかかれて光栄です。アトラ・エステルニ・オノ・セルドゥイン（御身に幸運のあらんことを）」彼の発音はアーリアの発音よりはっきりしていた——軽快なアクセントがあり、音楽のようにも聞こえる。

「アトラ・ドゥ・エヴァリンニャ・オノ・ヴァルダ（御身に星の守りのあらんことを）」ナスアダはアーリアに教わったとおりに返事をした。

エルフはほほえみ、するどくとがった歯を見せた。「わたしは麗しのイルドリッドの息子、ブロードガルムと申す者」彼はほかのエルフたちをかわるがわる紹介した。「イズランザディ女王から吉報が——ゆうべ、わがエルフの魔術師たちが、シユノンの門をやぶることに成功しました。こうしているあいだにも、エルフの軍勢はタラント卿が立てこもる塔へ進撃しているはず。抵抗する者はもうわずか。じきにシユノンは陥落し、エルフの支配下となるだろう」

背後にかたまる警備兵やヴァーデンの面々は、その吉報にどっと歓声をあげた。ナスアダも喜んだが、エルフ――とくに、ブロードガルムのように強靭（きょうじん）なエルフたち――が人間の住みかに侵攻するようすを思いうかべると、不吉な予感に心みだれた。わたしはなんという恐ろしい力を解き放ってしまったのだろう？　ナスアダはそう思いながらブロードガルムにいった。「すばらしい便りに接し、心からうれしく思います。シユノンを制圧したとなれば、ウルベーン、そしてガルバトリックスと、目的達成にぐっと近づきました」ナスアダはやや個人的な口調でいった。「シユノンの民に対して、イズランザディ女王が寛大な対応をしてくださると信じています。彼らはガルバトリックスを敬愛してるわけではない。ただ、帝国にさからう手段や勇気がないだけなんです」

「イズランザディ女王は臣民を――たとえ意に染まぬ民であろうと――思いやり、慈悲をしめしてくださる方。だが、われわれに敵対する輩（やから）は、秋の嵐の前の枯れ葉のごとく、はきちらされるでしょう」

「あなたたちは歴史と力ある種族。そういってくださると信じていました」ナスアダは答えた。さらにこみいった社交辞令をかわしたあと、そろそろエルフの訪問の理由を話題にしてもいいころだと思った。ナスアダは集まった者たちにさがるよう命じ、それからいった。「みなさんがここへいらしたのは、エラゴンとサフィラを守るためと承知しています。そうですね？」

「そのとおり、ナスアダ・スヴィト・コナ。エラゴンがまだ帝国内におり、まもなくもどるということも知っています」

「アーリアがエラゴンをさがしに行き、いまふたりでこちらへもどるとちゅうだということは？」

ブロードガルムは耳をぴくりと動かした。「聞いています。ふたりそろってかような危険に身を置くのは望ましくない。なんの災厄もふりかからねばいいが」

「では、どうなさいますか？　ふたりをさがしてヴァーデンに連れかえるか、それとも、彼らが自分で身を守ることを信じ、ここで待つか？」

「あなたの客としてここにとどまりましょう、アジハドの娘ナスアダよ。エラゴンとアーリアは存在を感知されぬかぎり危険はない。むしろ、われわれが合流すれば、帝国の無用な注意を引くことになる。それよりも、われわれはほかのことで力になろう。ガルバトリックスがここへ奇襲をしかけてくる可能性は高い。ソーンとマータグがふたたび姿をあらわせば、サフィラに加勢してきゃつらを撃退せねば」

ナスアダはおどろいた。「みなさんがエルフでもっとも力ある魔術師であることは、エラゴンから聞いています。でも、あの呪わしいマータグとソーンを、本当に撃退できるのですか？　彼らはガルバトリックス同様、なみのライダーをはるかにしのぐパワーがあるのに」

「サフィラの助けがあれば、きゃつらと互角に戦い、打ちかつことも可能かと。〈裏切り者たち〉の能力はわかっている。ガルバトリックスがソーンとマータグに、かつての〈裏切り者たち〉より強い力をあたえたとしても、みずからに匹敵するほど強くはしていないはず。つまり、ガルバトリックスがマータグの裏切りを懸念することが、われわれの利となる。〈裏切り者たち〉が三人相手でも、われわれ十二人とドラゴンにはかなうまい。ガルバトリックスをのぞく者なら、だれを相手にしようと、われわれはひけをとらないでしょう」

「心強いかぎりです。エラゴンはマータグに一度負けているので、彼の能力が強まるまで、ヴァーデンは身をひそめておくべきかとまよっていたのです。あなたの言葉を聞いて、希望が出てきました。ガルバトリックス本人をたおす方法はまだわからない。でも、ヴァーデンがウルベーンの城門をやぶる日まで、あるいは、シュルーカンに乗ったガルバトリックスと直接対決する日まで、わたしたちはつきすすむだけです」ナスアダはそこで言葉を切った。「あなたを信用しないわけではありませんが、ブロードガルム、野営地に入る前に、魔術師にみなさんの意識を調べさせることをおゆるしいただきたい。ガルバトリックスがここに送りこんだ人間ではなく、本物のエルフであることをたしかめたいのです。無礼とはわかっていますが、ヴァーデンにはいま、帝国の密偵や裏切り者が横行している。気を悪くされないでいただきたい。だれであろうと、言葉だけを信じてむかえいれるわけにはいかないのです。ゆたかな葉の生いしげるドゥ・ウェルデンヴァーデンの森を、防御の魔法でかこんでいるあなたたちなら、こうした警戒が必要ということを、われわれは戦から学んだのです。おわかりいただけるでしょう。よろしいでしょうか?」

ブロードガルムの目が野性に返り、恐ろしげなするどい歯があらわれた。「ドゥ・ウェルデンヴァーデンの樹木のほとんどは、葉ではなく、針といえる。必要とあらばためすがよいが、警告しておきましょう。その任を受ける者は、われわれの意識に深入りしすぎぬよう細心の注意をはらうこと。さもなくば、正気を失うことになる。人間がわれわれの思考をさまようのは危険なこと――道にまよい、己の肉体にもどれなくなるおそれがある。しかも、月なみな探査では、われわれの秘密をさぐりだすことはできぬ」

ナスアダはその意味を理解した。エルフの禁じられた領域に入りこむ者は、だれであろうと容赦しないといっているのだ。「ガーヴェン隊長」ナスアダはいった。

ガーヴェンは決死の覚悟で歩みでて、ブロードガルムとむきあった。目をつむり、顔をしかめ、ブロードガルムの意識をさぐりはじめる。

ナスアダはくちびるをかんでそのようすを見守った。子どものころ、ハーグローブという片方の足を失った男に、テレパシー能力者から思考をかくす方法と、意識を攻撃する槍をかわす方法を教えてもらったことがある。ナスアダは優秀だった。自分から他人の意識にふれたことは一度もないが、その原理原則はよくわかっている。だから、ガーヴェンのいまやっていることのむずかしさ、緻密さが手にとるように感じられる。相手がエルフという異質な種族だと、そのこころみは、より困難なはずだ。

アンジェラがナスアダに顔をよせてささやいた。「エルフを調べるなら、あたしにやらせればよかったのに。そのほうが安全だった」

「そうかもね」とナスアダはいったが、いくらこの薬草師がヴァーデンに協力してくれているとはいえ、公式の任務をまかせるのはやはりなんとなく落ちつかない。

ガーヴェンはその作業をしばらく続けたあと、ぱっと目を見ひらき、大きく息を吐きだした。過酷な作業で顔と首に斑点がうき、夜のように瞳孔が広がっている。対照的に、ブロードガルムは涼しい顔をしていた——毛なみはみだれず、呼吸は一定で、くちびるのはしには、おもしろがっているような笑みがのぞいている。

「どうでした?」ナスアダは質問した。

やや間があってから質問が耳にとどいたようで、ワシ鼻の屈強な隊長は答えた。

「彼は人間ではない。それはまちがいありません。まったくなんのうたがいもありません」

ナスアダは満足しながらも、ガーヴェンの返事にみょうなよそよそしさを感じ、不安になった。「わかりました。続けなさい」

ガーヴェンがエルフを調べる時間はしだいに短くなり、最後のひとりは六秒とかからなかった。そのあいだずっと、ナスアダはガーヴェンのようすにしっかり目を配っていたが、彼の指はどんどん血の気が引いて白くなり、こめかみはくぼみ、深い水のなかを泳ぐように動きがにぶくなっていった。

つとめを終え、ガーヴェンはナスアダの横の持ち場にもどった。

別人のようだ、とナスアダは思った。いつもの猛々しく決然とした態度が消え、夢遊病者のようにぼんやりとしている。ナスアダがだいじょうぶかとたずねると、いちおうは冷静な声で答えたが、心はどこか遠くに行ってしまっている。まるでエルフの神秘の森のなか、太陽に照らされ、土ぼこりの林間地をのんびり歩いているかのようだ。早くもとにもどればいいが、回復しなければ、エラゴンかアンジェラに手あてしてもらおうと、ナスアダは思った。症状が改善するまで、ガーヴェンにはナイトホークスの任務からはずれてもらわねばならない。ジョーマンダーになにか単純な仕事をあたえてもらおう。そうすればガーヴェンがエルフの意識によってもたらされた幻想のなかをしばらくさまよっていても、実害がない。

ナスアダは部下を失うことがつらく、そうした犠牲を強いてしまった自分と、エルフ、ガルバトリックス、帝国、すべてに激しい怒りをおぼえ、冷静さも礼儀正しさもたもてなくなった。「ブロードガルム、最初に警告してくださったとき、意識は無事に肉体にもどれても、無傷ではいられないということをお話しくださるべきだった」

い。

「ナスアダさま、わたしならだいじょうぶです」ガーヴェンはいった。ひどく弱々しい。

それを聞いて、ナスアダの怒りはさらに増した。

ブロードガルムのうなじの毛がさかだった。「説明不足だったならおわびしましょう。しかし、人間には限界がある。ご自分を責めるのはおよしなさい。われわれは疑惑の時代に生きている。無条件でわれわれを通していたら、それはあなたの怠慢だ。この歴史的対面にキズがついたのは残念だが、少なくともわれわれの正体、つまりドゥ・ウェルデンヴァーデンのエルフであることは確認したのだから、もう安心でしょう」

ブロードガルムの鮮烈な麝香の香りがただよってきて、怒りに身をこわばらせていたナスアダは、関節から力がぬけるのを感じた。絹の布のかかったあずまや、チェリーワインの杯、トロンジヒームのトンネルにひびくドワーフの悲しげな歌が、頭のなかにおしよせてくる。ナスアダはぼんやりとしていった。「エラゴンかアーリアがいてくれたら、正気を失う心配もせず、意識を調べることができたでしょうに」

ふたたびブロードガルムの魅惑的な香りが、ナスアダにおそいかかった。あのたてがみに手をすべらせたら、どんな感じだろう……そう思ったとき、エルヴァに左手を引っぱられ、ナスアダはわれに返った。

魔法少女はナスアダをかがませ、耳もとに口をよせた。低くざらついた声でエルヴァはいう。「ニガハッカ。ニガハッカの味を思いうかべて」

助言にしたがい、ナスアダは、去年フロスガー王の祝宴で食べたニガハッカの飴の味を思い出した。すると、口が渇き、ブロードガルムの麝香の香りの誘惑が消えていった。

空白の時間をとりつくろうためナスアダはいった。「あなたの姿がほかのエルフとちがうのはなぜかと、この子がいうんです。正直いって、わたしも同じことが気になっています。あなたの姿は、思っていたエルフ像とはずいぶん異なっている。その動物的な姿の理由を、教えていただけないでしょうか？」

ブロードガルムが肩をすくめると、毛皮がつやつやと波うった。「これがわたしの望む姿。ある者は太陽と月の詩を書き、ある者は花を育て、偉大な建築物をつくり、音楽を作曲する。さまざまな芸術を愛でるのと同じに、わたしはオオカミの牙、森ネコの毛皮、ワシの目にこそ、真の美があると信じています。だからそれらの特性をみずからにとりいれたのです。何百年かのち、陸の獣への興味を失い、かわりに海の獣の姿に美を見いだすかもしれない。そうなれば、この体を鱗でおおい、手をヒレに、足を尾に変え、波の下に消えて二度とアラゲイジアにはあらわれないでしょう」ブロードガルムはまじめくさった顔でいった。

ナスアダは自分がからかわれているのだろうかと思った。「とてもおもしろいお話だこと。魚になりたくなるのが、近い将来でないことを願いますわ。いま必要なのは、陸地のあなたなのですから。もちろん、ガルバトリックスがサメやカサゴも捕虜にすると決めれば、そのときは水中で暮らせる魔術師も役に立つでしょうけど」

と、とつぜん、十二人のエルフの澄んだ明るい笑い声がひびき、あたりの鳥がいっせいにさえずりだした。エルフの笑い声は、水晶に流れおちる水音のようだ。

ナスアダは思わず顔をほころばせた。

まわりの警備兵たちも同じようにほほえんでいる。アーガルまでうかれているようだ。

エルフたちが静かになり、世界が通常にもどると、ナスアダは夢が薄れゆくような悲しさにおそわれた。胸がしめつけられ、視界が涙でくもったが、すぐにそれも通常にもどった。

ブロードガルムが初めてほほえみ、その端整とも獰猛ともいえる顔でいった。「レディ・ナスアダ、あなたのように聡明で有能で機知に富んだ女性と仕事ができて光栄です。そのうちぜひルーン文字のゲームをお教えしたい。きっと手ごわい相手となるでしょう」

エルフの態度のとつぜんの変化に、ナスアダはドワーフたちがエルフを評してよく使っていた言葉を思い出した。〝気まぐれ〟だ。幼いころは、とくに害もない表現に思えた――花園のなかの妖精のように、喜びから別の喜びへ、ふわふわと飛びうつるというエルフのイメージそのままだ――が、ナスアダはいま、ドワーフが本当にいわんとしていたのは〝気をつけろ!〟だったのだと悟った。〝気をつけろ、エルフはなにをするかわかったもんじゃない〟。自分を思いのままにしようとする新たな集団と、また対処しなければならない。ナスアダは憂鬱になって、ため息をついた。人生とはつねにこれほどやっかいなものなのか？　それとも、わたしは自分で自分を追いこんでいるの？

野営地の奥から、貴族、廷臣、役人たち、相談役、補佐官、侍者、戦士、ありとあらゆる身分の大行列をしたがえ、オーリン王が馬を駆って近づいてきた。

西からはサフィラが翼を広げて急降下してくる。そうぞうしく退屈な時間のはじまりにそなえ、ナスアダはいった。「お手あわせできるのは、何か月も先になるでしょうが、ブロードガルム、お申し出に感謝いたします。長い一日のあと、ゲームはいい気ばらしになるでしょう。とりあえず、先のお楽しみということで。いまはほら、人間社会のあらゆる勢力がおしよせてきますよ。自己紹介と質問と要求の嵐を、どうぞ覚悟して。わたしたち人間は好奇心のかたまりで、みな、こんなにおおぜいのエルフを見たことがないのですから」

「覚悟はできています、レディ・ナスアダ」ブロードガルムはいった。

オーリン王の一団が怒濤のように近づき、サフィラが羽ばたきで草をなぎたおしながらおりてきたとき、ナスアダが最後に思ったのはこんなことだった——大変！　野営地の女たちがブロードガルムに群がってくるわ。引きさかれないよう大部隊で包囲しても、守れないかもしれない！


（ドラゴンライダー9に続く）

本書は
単行本二〇一四年三月　静山社刊
を四分冊にした1です。